慾望之間

阿米 著

序　撞鐘人的如風之歌

@鍾文音（小說家）

阿米的曾經與掙扎，黑暗與迷失，都在這本由血淚與詩意寫成的小說。如其所寫：「創作的女人，濃烈到彷彿與自己激吻。」

阿米多年前遊走倫敦，忽忽進入幻覺執妄的恐怖之境，往昔母親的死累積如精神炸彈，終在體內爆發一場又一場華麗卻不知所向的神遊冒險。

阿米生了病，成了美麗的精神病患，死神的語言一路跟隨著她的思緒。她孤零零地在人間做自我的對抗、對話，探索與移動……小說情節斷裂，線索紛亂，語言破碎，但卻足以割傷我的目光。

阿米曾經歷女詩人普拉斯的同樣的憂鬱黑暗之心，且她可能更甚於普拉斯，因為她有來自遺傳的精神傷害，但她將之寫下來，將一切寫下來救贖了她，拉拔了她，解脫了她。

她如此努力地穿越恐懼孤獨的隧道，從而她有了如蝶翼的新生。

阿米自承所幸生病時有寫手記的習慣，她以文字在黑暗裡燃起一把巨火，以筆挺進心靈的魔鬼盛宴。因為書寫，因為面對，因為如此地濃稠詩意，她最後飛升，化成了我心中的小小天使，她像是憂容童子。

這本小說像是降靈會般，讀這本小說必須有同理心與想像力，才能和阿米同走這個無以重返的奇異夢幻旅程。同時也不能以傳統小說來閱讀，因為這比較接近一種「手記」的小說，同時以「象徵／意象／譬喻」取勝，是以天生的詩人直覺所捕捉下來的時光命題，也是阿米生命核爆後的華麗記事簿。

小說再現了過去漫長時光的精神囚牢與混沌狀態，一個女孩佇立城市荒原：希望又絕望，甜美又痛楚，疏離又靠近。

這本小說是三十歲前菩薩給阿米的眼淚，這眼淚終於化成文字度母，低眉垂目，巨大而美，溫暖了娑婆世界，讓許多人知悉對際遇可以無憂無懼。在命運之海裡，即使溺水，只要浮木猶在，終可上岸。

這是私小說，也是阿米用生命撞擊所換來的「唯一存在」，它的思緒跳躍，旋律反覆，情節迷離，脫序呢喃，但卻又渾然天成。

這本異質小說的誕生，代價十分高昂。

通過書寫，她穿過深淵迷霧，踏過厚土塵埃，她倖存下來，且勇敢向前了！歷劫歸來的阿米，如逃出地獄的報信者。她比黑暗更黑，她比夜晚還夜晚，她是光亮也是陰影，她如死如生，讓小說有著靈魂的重量。

一本有力量的自我凝視小說，遠遠超過一本以技藝取勝的小說，這本小說讓我想說：「眾人的認同比什麼都需要逃避。」「我們不依賴好評來創作。」如阿米這般的寫作者是少有的，她依賴詩與感情的純度，這種純度與不媚俗，讓她的創作有了非常個人的獨特標記。

即使崩潰也不受傷
我值得從天堂拿到一個獎

我想為她戴上無名桂冠，這是穿過生命的烈焰之獎。

我們過去色身的骷髏頭堆起來比須彌山高，在輪迴之海，我想我們其實都曾相遇過。

每一次
我撞鐘
她輪迴各種
我聽見的風

我聽見這撞鐘人的如風之歌了，你們聽見了嗎？
我希望你們也聽見，阿米這本美麗的詩語小說。

序

目次

01 火宅

如果你將要失去你的生命，我是指在絕望的當下，你可以往哪裡去，還有哪個洞穴可以包覆你。死亡點名，我已經站在崖邊了，只差一步。我可以聽見任何細小的聲音，包括風，還有自己微不足道的呼吸聲息。

死神說：「過去的這一年，你都躺在床上，我們不是沒有給你時間喔。」

我點起一根香菸，所有的罪惡之味又撲鼻而來。母親的遺言便是要我戒菸。聽說這樣才可以嫁給好人家，沒有一個高尚的家庭是可以接受這種壞習慣的。

每一次點菸，熟悉的罪惡感便來了。可是又停不了，指尖的罪惡，燃燒我愧疚的靈魂。我沒有把菸熄掉，繼續下一根。

現在，我是一個精神病患，每天要吃十顆藥來擋煞。「外國沒有鬼，」我跟醫生說：「台灣才有鬼。」

三毛、約翰藍儂，還有邱妙津、顧城，都來找過我。

有一回我把張國榮的音樂碟甩到牆壁上，音樂片破碎了一地，馬上當天晚上，重情重義的梅艷芳便追來夢裡，勒住我脖子不放。

我嚇得逃出夢裡，冒一身冷汗，一直向張國榮道歉，這事才算了。

＊　＊　＊

照理說來，我應該死過一次了。好險我在英國的飯店廁所大聲朗誦心經；是菩薩接送我回台灣的。這當然也是示現在夢裡：那是一個漆黑的夜晚，我躺在五彩繽紛的蓮花瓣上，漂浮在藍黑色的海域，被引渡回這岸。由於景象太過艷麗而美，導致我對這件事半信半疑。

而且我還收過耶穌的神諭。我可以說給你們聽，雖然我曾承諾眾神，不能透露畫的內容。你們也可以覺得我是神經病，或者是說謊者，但是我在空中看見，耶穌站在中央，雙手張開，眼睛是藍色的，穿著白袍，有點像盧貝松聖女貞德那電影的樣子，沒有十字架。左邊是一個枯瘦的老人，卻給人家孩子般的感覺，他很乾瘦，身上、臉上有很多皺紋，眼淚如黑色的石油不斷滴下。最右手邊是一位女子，往畫面的東方側身、掩住眼睛，好像不敢看的樣子。

根據我的解釋，這是耶穌所傳的畫面，因為他面向我，而那流淚的老者或孩童，則象徵阿拉，他所在的土地充滿皺褶、乾枯，到處一片焦土。他對西方人說：「我想你們並不愛我。」他黑色的眼淚象徵石油，他深深覺得人們利用他，不愛他的子民。石油就是黑色的血液。

側身往東方的女子是觀世音菩薩，她知道世界所發生的所有戰事，她知道一切已經因為那一件事而雙方無法原諒彼此。就是舌頭拉長的那天，正義之旗冉冉吊起。之後戰事只會蔓延、擴大，兒童會失去家園；以前所謂的為正義而戰已經遠離是非辯論了，恨意、憤怒，和復仇在這個世界上將愈來愈強大。真正的宗教信仰已經淪為有心人士的祭品，純潔的羔羊在聖桌上，佈滿血和淚。

並非她（東方的菩薩）不願意插手西方國家，而是她理解耶穌和阿拉以及他們子民的現況，所以只能掩面、不敢看。在整個畫面當中，只有菩薩側臉，是看不見眼睛的。

我曾幻想耶穌對觀音說：「一直轉，你不累嗎？」溫柔的語言，像似對情人勸說。

你們可以不相信我，我有妄想症。

再說，我曾授命組織一艘船隊，裡面有我兒時死去的同伴小鸚鵡，而船隊的審核者是三毛，他們想要去花蓮慈濟，想上船的都是一些自殺的文學家居多。

平時我也接送沿途上下公車的亡靈「謝謝您，再見！」這樣。

有一次邱妙津透過巴布迪倫的歌跟我談心，她說她所看見的眼睛都已結霜，還提到一些人們沿著河流，進入美麗森林的事情。她說，《蒙馬特遺書》裡自剖，猶如手術刀切割心房。寫不出愛人的壞、世人的醜，無法下筆控訴，因而把自己給當成壞的情人寫下去。書寫的過程宛若鞭打自己，她的鮮血早已從紙頁中潑出。

她在日常愛對方極了，並且因為這種得不到、放不開的愛情，而將書寫暴力轉化到真實世界而自裁。她說：「因暴力節制所生的溫柔。」我猜她來找我，是因為她仍在寫，而且高興被理解。

我喜歡顧城的詩，但是我也怕他狂烈的生命慾望，他的額頭上有一個破口。我最記得他在詩中對魚群說，「我以為，只要說，愛你，你便會跟我回來。」

有一陣子每晚大概七、八點左右，我會開始播放優人神鼓《與你共舞》唱片，邀請這些亡靈前來飲茶。來的還包括在大直盛大辦告別式的竹聯幫名人白狼。就這樣，一輪一輪進來聊天；有些凶狠的想要進來，則會有些良善的亡靈出面幫忙說話、阻擋，保護我。《與你共舞》也代表來自人間的善良力量，只有樂音允許，才能進屋與我對話。

總之，作鬼也難找知音、作鬼也是寂寞、戀世啊。

＊ ＊ ＊

我的病是在英國發作。我曾在飯店赤腳奔跑、以為夢露的素描畫其實是我的肖像、在白牆上潦草地寫下我的社會詩、把玻璃杯摔破一地、鞋子亂丟。四、五個警察們輪流訊問我，我還記得他們問我詩作的意義，逐漸放軟音調。其中一位高大黑人警察放低身體對我說話，另一位則告訴我他的家鄉蘇格蘭格拉斯哥有多麼美麗迷人。

我闖了這麼多禍，最後警察送我到機場，而飯店經理在電梯裡對我說，「I'll buy.」警察告訴我，那是指我牆上的詩，飯店會出錢油漆粉刷回來。聽起來很無奈，但是有人買下了我在牆上寫的社會詩，真爽快。我記得的內容是關於「底層的悲哀」。

當然，你也可以覺得很丟臉。

被他們遣送機場以前，我以為愛人被恐怖份子綁架了，因而盯住ＢＢＣ一整晚不敢動。每一個動作都代表選擇耶穌或阿拉的象徵，只要一選邊站，另一邊便會發動攻擊，事情攸關天下，不只是愛人而已。他變裝、易容，背對鏡頭訴說他被挾持，身處危險之中。「整晚，一條緊繃的弦。」我成為維護世界和平的貢品，只要我不選擇信仰，便代表宗教自由。地底下有很多活動，人們看不見的，卻非常活躍地進行。生命在這些人手裡是很輕易就可以一把捏碎的。

直到上飛機要回國之前，我都認為自己深受迫害、有恐怖分子監督我，也有人保護我，我被允許繞著飯店散步。

他們無所不在，比方說我上下樓梯時，他們打量我，然後讓我通過。

我在機場跑到來回地走，看到６４入口，便想到六四天安門屠殺。

我是個被軟禁的和平守護者，每天繞著飯店一圈一圈走，有時候坐在窗台上，等待救援。整條大馬路塞車，全都是因為保護我的重要性，而在我週邊實行交通管制。

整晚我面對牆壁動也不動，因為穆罕默德曾如此修行。洗澡也讓我非常困擾，我泡在浴缸裡，像同意受洗，並領受肥皂如聖餐或油脂。電台的廣播若有聖樂，我的心會沉得很深入，音樂裡充滿了鮮豔的圖案，神國度的美。再一次，過美的東西都有問題，太美而不像真實，會給人撒旦誘惑的感覺。我覺得，我一洗澡便儀式上背叛穆罕默德。我所能做的只有一動也不動，連奶精、咖啡都有色彩上人種的象徵，你若是愛誰，便是指責另外一方。

廣播電台則隨時以暗語插播新消息給我。特別是氣象報告的時候，象徵攻擊的暗語非常明顯。比方威爾斯下大雨，便是全球恐怖分子可能發動攻擊的密碼、暗號，他們用這種方法密告將攻擊的地點。我進退不得，只要一作決定，便有遇害的可能，而愛人的生命也將不保。我是堅持和平的重要人物，隨時有可能被暗殺，就像約翰藍儂。

我躺在床上看電視，每一則新聞都像等待解出的符碼。

我用香菸盒子上面的字母拼貼出我被軟禁的消息。如果第三次世界大戰發生，科學家和詩人一定被列為優先綁架的人質。我認為真正的科學家像是星相家，他們不應該透露太多；但是他們又有與生俱來的研究本能。發明家、科學家就像洗手癖患者一般，即使是會毀滅世界的武器，也必須被創造出來。因此真正的發明家，多半隱居、隱世，而不該輕易成為政客的玩具。話說回來，科學家也是人，有家人要保護，所以某種程度來說，他們的處境有點類似中世紀遁世的修道士。

＊　＊　＊

我到英國巴斯就讀語言學校。無論多早出門，總是無法準時到學校，我在路上玩。每一個巷子、停車場都充滿塗鴉，我在塗鴉中，找到敵人或同盟給我的密碼。

報紙雜誌是重要的溝通管道，比方巷口轉角的咖啡店所遺留下來的報紙。標題和內容變成我的任務，以及現在戰爭地底下發展的現況。特別是填字遊戲，是同盟留下的訊息，而我所作的回應便是點餐內容。看到DOUBLE SHOTS時，我會聯想到敵方威脅我，若不支持他們的行動，我與愛人將被以兩顆子彈謀殺。

巴斯倫敦街上的貼紙、傳單，也都有其分歧的意涵。上課的時候，我不但要能理解表面的意義，更要想辦法解出謎題。

到處都有小冊子，我圈選我要的內容，寫下求救日記，放在住宿家庭的院子裡。對方會來取走，就像電影所演的間諜片一般。我眼見無數的記號，也隨時做記號給準備解救我的看不見的、秘密的人們。

倫敦街上有一個展覽館，就在墓園內，我時常待在那邊看展覽。窗戶外面便是綠油油的草地和墓碑。有一次我看到一名寡婦，她的作品全部採用透明線去纏繞，在陽光照耀下，美得異常。我喜歡墓園，我甚至去抄墓碑，在綠草皮上與亡靈對話。

有一天我爬上電線桿，刻訊息。另一次，我發現展覽館門口有一個倒放的空玻璃杯，於是我把他轉正，表示請亡靈飲用水。路上出現杯子，我便在裡面放入錢幣形狀的巧克力。我彷彿不能阻止自己做這些事情。一舉一動都是象徵。我是個渾身充滿象徵的詩人。

我在路上沿路撿拾，最特別的是我在垃圾桶上撿到一隻兔子玩偶，還散發著嬰兒香的味道。還曾在櫥窗口撿到一隻透明顏色的筆，感覺很適合我，非常高興。

我也撿手套。

我們有兩、三個基地，一個是學校附近的停車場和工地，一個是我住宿家庭附近的廢地。我發現學校附近的工地，有一個狀似信箱的門，上面有一些塗鴉，應該是投入信箱的意涵，於是我做出一封回函。

我在一邊放下一根撿到的羽毛，用石頭壓住，另一邊放兩英鎊，象徵詩人、藝術家所面臨的選擇：羽毛或者金幣。

學校的講義閱讀更是困難，一方面要理解，一方面又以為是情人捎來的消息。情人節當天，老師發的講義是有關於古代詩人如何傳情。他們不署名，讓對方指認，因彼此心意相通，又相知，所以終成眷屬。

當天我便買了一個銀製紅酒塞，寫了一封沒有署名的信，放在學校附近的停車場，我相信我的愛人可以找到禮物、找到我。我期待被發現、被理解、被愛。

＊　＊　＊

我的出生，也是家庭厄運的開端，不知道為什麼，我一直覺得自己是不祥的。讓父母爭執，全家長年不合，從小到大連一張全家福都沒有。所以我寫詩，「一聲哭啼／斷斷悲哀／續以厄運的長矛疾行／開往鬆垮垮的天邊」。從前，我喜歡將自己遭遇的不好的事情列出來，像發票品項一樣重複數算，然後將他們收在抽屜裡。我反覆這麼做，折磨自己，讓自己哭出來。

再回溯回去，那一個冬天，巴斯第一次結霜，我半夜赤裸雙腳，飛奔到隔壁的廢棄空地，我的腳沾滿了冰霜，把拖鞋塞在輪胎下，回房後把窗戶打開，刻意感覺這種冰冷侵襲我的身體；隔日，在對面停靠的車子上放一束花；我一直撿東西，我在路上撿到一封濕淋漓的手寫信，並把它當寶貝珍藏。

我去語言學校的第一天，住宿媽咪撐一把大黑傘來接我進門。那時我便注意到，隔壁家好像有人要搬走，卡車上塞滿了各種大小型家具，後來才知道那剛死了人。

住宿媽咪告訴我，如果晨起看到黑烏鴉要說：「Good morning, Lord!」，我總是深信不疑，而且我經常在後院看見黑烏鴉。有一位老小姐經過後院和住宿媽咪攀談，她們只是很平靜地說又死了一個，真悲傷。

這時大約十一、十二月左右，正冷。而且學校的同學一個一個要回家了，我和這批歐洲人友好，完全不用中文說話的我，當時太難過了。告別、離別，說再見，讓我在課堂上的表現愈來愈不穩定。聖誕節我去巴黎過節，那時已經把自己關起來了，待在同學的家裡寫一些詩，每天都說好要出門，卻走不出去。

回來後沒多久，中國年到了，我自己去倫敦的華人街，我沒有被那裡氣氛感染，只記得自己像一個中毒的人向書店老闆說：「I need some poems.」他可能看我一個華人，指出新華書店所在的位置。我如累壞的野獸，一步一步爬向那暗燈的書店。

過完年後，班上同學來來去去。英國媽咪經常問我班上又來了什麼新同學，彷彿在確認我是否正常。她無奈地把我放在後花園的機密通訊本子拿還給我，沒有多講什麼。那一本書已經濕淋淋一片，充滿我書寫的各種密碼、圖案、拼字。

＊　＊　＊

我繞著整個村子走，那是一個下雨的夜晚，我徒步走到丘陵的上方、城市燈火的背面，不停隨雨落下淚來。我發現一座女子學校，於是我走進去，夜晚只有我一個人，我對任何我認識的東西，伸出手指，指認出它們的英文講法。

當天我是要去告別的，我把在墓園墓碑上所學的字寫成一封信，放聲大哭，要向過去的詩人情人告別。竟為他寫了祭文，「我受不了了，這樣孤獨。」雨大大小小毫不留情地潑灑我。我一圈又一圈繞著校園走，雨跟著我，我跟著你。一切都結束了，我的臉上又是鼻涕，又是眼淚。周圍有三台重型機車呼嘯，他們在保護我。

後來我到機場，只要有廣播的地方，便表示這三個神秘守護者正在我身邊提示我、保護我。我找到角落，蹲在地上，幾乎快放棄，把自己的大衣用打火機燒出一個洞。廣播裡慵懶的女聲要我要加油。

中國、美國、歐洲各國飛機起降，廣播不斷，我聽著聽著，不知道哪一國人要接送我這個人質安全回台灣。最後我終於搭上飛機，飛機上的對話還在，日本人幫我舉辦和平音樂會，要我放心回國。而飛機上的閱讀燈，彷彿是神秘安裝的舞台燈。

我對香港和中國的做法相當不滿，而且台灣確實一點外交實力都沒有，只要台灣飛機一廣播，馬上被大陸飛機的聲音壓下去。

這時候我身上一無所有，我已經把行李給丟了。所有我心愛的珍愛的有形無形的身外物，都被我故意丟棄了。我聽見廣播說，走道上的行李若不移除，將會將之銷毀。我彷彿沒聽到一樣，珠寶、CANON、ASUS、蒐藏的CD、我和媽媽的合照……全都沒了。

我開始演出公路電影。有腳、有路，卻哪裡都走不到。司機問我要去哪，我總說最近的飯店。或者隨便搭上一班公車，任憑車子帶我到任何一站下車。我在車上和英國小男孩女孩玩，和司機聊聊天，隨便到哪裡，隨便刷卡。

在飯店吧台，男人們在看足球比賽，我一個女孩子，被各國以暗號談價錢，每一國都跟著球賽輸贏下賭，看誰能把我救出去。他們在我周圍暢飲，歡呼，隨性走動，當我知道這是綜藝現場轉播時，我終於受不了地把玻璃杯摔向吧台。

警衛請我到一旁沙發，我拚命哭，最後由一個美國軍火商出面協調，他給我他的電話，說如果想走，他有他自己的直昇機，不必靠別人。

* * *

我在學校暗戀一個老師，他就是我妄想中被綁架的另一個人質。他們拿他來軟禁我。我的公路電影途中，一直希望他能來找我，我覺得自己才是那個放火燒掉一切的憂鬱貝蒂。

半夜街上有一個男人停下車，一開始我不願意上車，他說：「你看我像壞人嗎？」我回答有一個布魯斯托的街頭藝人很奇怪。我還是上了他的車。

他問我為什麼染頭髮，我說：「這在我們國家很自然。」又說，我覺得這樣很漂亮。

他似乎是一個戰亂國家出來的人，來英國九年了，還沒拿到身分證。他說他和他的妹妹分開九年，他有一張她的照片。

我問他是不是我要找的那個男人。他說不是。我還以為他為了躲避撕票而易容。

他說：「我以為妳的頭髮應該這麼長。」我讓他鬆鬆地抱著我，他說他感覺得救了。我想，為什麼我們都不回家。我離開台灣時，已經是個無家可歸的小孩了，打算拋棄一切來到英國。

這男人是送報的，他說他們是自雇者，三、四個人送四分之三區域倫敦的報紙。他熟練帥氣地把報紙丟出去，有點歪歪斜斜地躺在每戶人家的門口。我的腳就踩在凌晨的報紙上，這也算難忘的經驗，我的雙腳曾踩過四分之三倫敦人晨起閱讀的早報。

我說老師是個魅力人物，人們對我的態度視他而定。他說：「如果他愛妳，已經急著在倫敦找妳了。」他說我的手很冷，手又有指針的意思，我想他是在暗示我，這對我來說是一段難熬的時光。

他買柳橙汁給我喝，請我一包菸。他要我放鬆，因為我當時看起來就像一隻拱起來的貓咪。他把菸灰彈在車子裡面，他說：「沒關係，就是要這樣。」還告訴我，這對一個學生來說很貴，或如果你要生小孩的話，要把錢放在銀行內。

我們抵達一個倉庫，我開玩笑地說：「如果你想謀殺我，可以把我切成好幾塊放在這裡。」之後我才知道，那段時間倫敦確實出現連續瘋狂殺人魔，我的家人擔心得要死。

他還教我，「愛人是一個把舌頭放軟的音。」當時應該跟他回家的。

LOVER

整個倫敦的夜晚花花綠綠，很恍惚，大約一個半小時的時間，他發完報紙，送我回飯店，這一段路程，冷風和顏色迴旋左右，我有一種小孩搭旋轉木馬的奇異感。

後來我下車了，進飯店之前，我仍然認為他是某個易容者。

＊　＊　＊

巴斯下第一場雪時，我已經顯得異常。我沒有去上學，而是到正對皇后廣場的一家飯店休息。一張床可以代表一個女性藝術家的心理狀況，我故意讓床鋪沾到經血，表示體內的血液是污穢的，我的心迷亂。

老師曾說對詩有興趣的人可以去皇后廣場聽詩朗讀會，當時我沒去。後來我知道那裡有個方長的尖碑，為了紀念某些人，而詩人經常到此朗讀。

我不但在墓園燒我的日記給亡魂，也在巴斯的皇后廣場尖碑後方焚燒我的詩作。我證明下雪是不敵火焰的，我的詩還是死亡了。我想到電視裡的槍響，溼透的被綁架的經文所引起的大戰。我在水裡面浸泡，發現身體永遠洗不乾淨，人類總是師出有名。

我想真正的大戰中會被綁架的人第一是科學家，第二是真正的詩人。詩人寫戰爭所在多有，卻如泡水的詩集，聽聽那寂寞的槍響，看一看那些戰亂國家孩子的悲傷眼神，十年後，裡面裝的是憤怒。神色在歲月中轉化，正義的或邪惡的憤怒正在地球無邊無際地滋長。

我在飯店內把信和詩寫好，放在其中一棵樹的樹洞裡，我期盼有人能指認我。有某一個人能從這棵大樹下，拿到我送出的訊息。

並且打了一通到巴黎的電話，我告訴我的朋友我正處在危險之中。她覺得我精神狀態不太正常。

＊　＊　＊

我住宿家庭的乾爸在我從巴黎回到英國上課後沒多久，便死了。送他上救護車的那天，我到學校的第一天便預知了。

老師問我叫什麼名字，我回答：「一絲光線穿越雲層。」那正是聖經中回到天國的光景。

他死了。

親吻了他的臉頰，我說：「那裡都是一些可愛、漂亮的護士小姐，別擔心。」沒想到這是我跟他說的最後一句話。

英國爸爸喜歡散步，無論晴天或雨天，他總要去走走路。有一次他告訴我，在丘陵上方，曾有一個牧場，很久以前那裡有很多羊群……當天我們走得很慢、很慢。

他是一個失智症老人，但是我很愛他，他也對我非常好。我告訴他們我是一個作家。嚴格來說我說謊，因為我沒有半本書出版，但我的生命整個都在寫作。

他喜歡到路口一間老酒吧射飛鏢，每次回來都會給我帶來一把綠色的、短小的原子筆。第一次是七支，當他說：「給妳。」我真的感動不已，一個作家確實需要好筆。他的行為就像一個獵人抓一隻兔子到妳面前說，「給妳。」沒什麼兩樣。

或多或少，他總會給我帶來幾支綠色的短筆。我用得很快，他知道。

我去參加他的告別式，只有我一個外國人，大多是威爾斯人。在那丘陵上方，一大片一大片透明玻璃，陽光斜斜地灑落，有下一點小雨，死亡的浪漫和悲傷回響在詩歌之中。

那裡可以看得很遠，他也可以看到他每天走路的村莊，他所愛的巴斯小徑。

我跟著翻頁，「一絲光線穿越雲層。」我歌唱。這麼短的時間，我多麼愛他，而死亡又來敲我的門。我想到那些短小的筆、短小的雨，短短的散步，和短短的緣分。

就在吟唱詩歌時發現，自己名字在聖經之中，穿透雲朵的那一絲光線。

我當然是痛哭。三十分鐘一輪的儀式，大家排隊進出亡者的一生。

「我要去射飛鏢，我不管那裡都是男人，我要那種綠色短小的筆。」英國媽媽阻止我，她說沒有好女孩會去。

一日，我做了一個夢，我夢見母親抱著我唱一首閩南語歌。我哭著醒來，衝到客廳，英國媽媽還清醒著，在講電話，她馬上抱著我。我哭倒在她的懷中，英國媽媽揶揄說，「可以為妳唱一首英文歌，台灣歌曲我沒辦法……」後來，我擦乾眼淚，一下子風一般衝回房間打開電腦。我寫了一首詩。

＊　＊　＊

我和英國媽媽一起收拾爸爸的遺物，我知道他得病以前喜愛閱讀，還有很多跟運動相關的書籍。我們分類衣服、打包書，一袋一袋黑色的塑膠袋，裡面裝著英國爸爸的一生。英國媽媽說要把它們捐到地方教會。

我一直想起隔壁卡車上大小型電器、家具遺物，我想他一定是個寂寞孤獨的獨居老人；我又想起在後花園那個女人和英國媽媽說天氣冷了，誰又死了。

英國爸爸死前，我曾逼著他寫生日快樂卡給英國媽媽，結果他寫上：「聖誕快樂！」英國媽媽當時很錯愕，而現在，我們一想到這個錯誤便更傷感。

整理遺物過程中，英國媽媽給我一副大耳機，她知道我喜歡聽音樂，我還要了一雙皮手套當紀念。

我的幻聽便從這裡頭開始。

有一天晚上，我戴著英國爸爸的耳機，在房間聽國語歌，突然有人和我合唱起來，大約有三十分鐘，非常清楚。我躲在被子裡跟著唱和，有一句沒一句的，倒是對方唱得很熟練，隱約還可以聽到喘息聲和笑的感覺。我覺得幸福而且愉悅極了。

這件事我一直沒說，就像一個甜美的秘密，說出來，就不見了。

＊　＊　＊

近來你好嗎？這些日子你過得好嗎？你收到我的卡片了嗎？

我到現在還沒有申請網路，這樣對我的創作來說比較好，不是嗎。無論如何，你並不知道我是如何度過這些幾個月的，希望這些書信沒有打擾你。我寧可這一切只是我們的羅曼史，而非事實本身。

我確信無數的女孩，以她們沒有回報的愛愛上你。

你曾經遇過誰像風暴一般進入你的眼睛嗎？

喔，我真羨慕她們可以在這個美麗的小鎮跟你在一起。

「你的眼睛是什麼顏色？／問問你那離婚的妻子」（What’s the color in your eyes? Ask your divorced wife.）

姊姊買了一件顏色柔和的t-shirt，有兩隻長頸鹿在上面。牠們的眸子進入彼此，映射著彼此；我持續想像、擴大我們相遇時，那一刻已經成為經典、秘密，永恆。

我覺得我在遇見你之前，我的靈魂便熟悉你。我會一直在心裡愛你……「靈魂／劇烈相認／後來／血雨」。

＊　＊　＊

你曾告訴我，你是一個旅者。在我經歷精神風暴的時候，你去了哪些地方？現在我正想著這些句子的時態，所有的動詞都是使用過去式。我和你的相遇，也已經是過去到現在，所發生的遙遠的、發音為t、字尾加ed的歲月了。

你想要到我的國家嗎？來當我的客人。也許是一個像你這般的旅者，來告訴我家鄉的模樣。這些日子我常想到我的未來，會變成如何的光景呢。

我曾緊鎖自己在黑暗之窟，直到生活本身把我拉拔出來。我常常思考關於我的創作的事情，以我的年紀，該是有一個伴侶一起走、生活，正常工作的年紀了。也許我會改變我對藝術創作的態度。創作非常飢餓，如同自己長腳去尋覓食物的野生動物。它愈來愈難以控制了，真希望我的生活可以平衡，我可以知道如何克制自己穿梭兩邊。

我看新戲Wicked，裡面講述一個無法控制自己力量的女巫，我覺得自己的情況便是那樣，那一股力量彷彿要飛竄出身體，控制不好，是要付出生命代價的。

有一些藝術家可以感覺這種穿越時期的困難，在不同的時期跨過。如此深刻而迷亂。進進出出，和痛苦一起旋轉，纏繞。我試圖去享受並且看進去，比如我現在下廚，我也正在和我的食材戀愛，這便是一種生活中的創作，並且使我獨立。

光是洗澡，也是一種美感。我買一些布匹，自己設計窗簾，你可以想像一大片陽光透過白色亞麻布匹，灑在你身上。光影的顏色變化，呈現時間的本質，非常美麗的下午和女人。我也非常熱中煎蛋，蛋的色澤令我深深著迷。並且自己裁了一塊玻璃加框，可以反射女人走動瞬間的腿腹之美。

藝術全部關於時間，甚至泡澡的皺紋，都是時間的漸層和肌理。睡眠時拉扯床單的縐褶也是一種美的可能、潛意識。

我在想，如果可能，我還想要旅行，現在的精神狀況也許還不行，但總有一天是可以的。我現在最想去瑞士Bern，去看看Klee的畫，那是瑞士同學羅恩的家鄉，我到網咖查過，他們有開設一些創意繪畫的課程。

另一種可能是在台灣鄉下，到台東申請研究所讀書。兩者都耗費時間和金錢。我把夢擺在心裡，目前我還必須顧慮父親的想法。他一個人又孤單，和我一樣。父親是有錢的，但是我可以如此自私追求自己的夢想，而棄他不顧嗎。

發瘋之後，唯一好的事情是家人更願意理解妳，他們害怕失去妳。他們對我比從前好，開始傾聽、理解和支持。我非常愛我的家人，這對我來說很重要。我到現在還在說服我的姊姊，創作雖然沒有錢、收入，但是在英文單字表面解釋上也算一種工作。

啊，我長期渴望的創作能量，彷彿人類求生存的生存直覺。我也擔心、害怕，我有真正面對過我的生活嗎。這些傷痛跟隨我、逼近我，面對我的愛，侵蝕我。我的眼淚是灌溉不出美麗花園的，我最底層的害怕是我的愛終成焦土，養不出一朵美麗的花朵。

他們有從這些悲傷中看出我的愛是如此豐富有層次嗎？我渴望第二次離開。

有人說，每個女人的宿命便是尋找第二個家園，這彷彿是不可避免的。

＊　＊　＊

這次我學會從心底給和付出，而不是像過去幾年以獨自哭泣的方式去愛人們。

這是我的課程，看我的心如何長得健壯。我現在在走的過程是反射我的父親，我逃避和他相像，但我又想愛他、碰觸他。多麼脆弱、不堪一擊的愛。

這些年來日子對我來說是殘酷的，我擁有的愛太少。而我的理性和感性分離。我總是忙著理解別人，自己卻很孤單。更何況我的情緒不穩定，感情敏感又纖細，無處可發、無路可退。

我來自一個單親家庭，我羨慕別人的童年和完整的家庭。後來，我母親在一場致命的砂石車車禍中喪命了。

這些巨大的傷痕，就像永不癒合的傷口，而我又自己一直去把它撥開。這些重大的失落扯動我，散開、摺疊我，驅使我。

我關心且照顧我的父親，但是過去的陰影對我來說，他顯得太巨大了。超過我所能承受地面對。這些把我抓回去，並且綁住我。我想要好好長大，在一個愛裡面成長。

我不願意回到他身邊，我寧可過著沒錢苦哈哈的日子。至於藝術，它和我的生活彼此扭轉，也已經不是我能控制的。我和我的靈魂住在一起，並和創作進出我的日子。我希望可以多讀到一些你所創作的詩。

＊　＊　＊

和爸爸同居的第一年很容易描述，重度憂鬱正侵蝕我的生命。我從十個人裡面撤退、從五個人裡面撤退，從自己裡面撤退。我睡了一整年之久，像熊類遇到冬季，必須死一樣地睡著，才能逃避自己自裁的念頭，才能自冬天醒來。

我在廁所看到一條黃色的水管，如此地黃色好似一種勾引，勾引我把水管套在我的脖子上，像三毛一樣垂死在廁所裡。

我常想像葬禮，以前我常想像最愛的姊姊死掉了，然後我會開始痛哭宣洩。但我想到我的死亡將帶給姊姊多大的傷痛與愧疚時，我就退縮了，我不能這麼做，這樣等於殺死她。

在我最難過的時候，還是有去心理諮商，每次諮商的最後我都寫一首詩作為結尾。都是表達一些想死的念頭，「我上吊／降落／懸掛／他陰暗又醜，是我的朋友」這裡面透露死神的召喚，憂鬱的恐怖可厭，「他溫柔／露出肥胖的藍色舌頭，說：／我要」。

我的心理諮商老師說我是一匹千里馬，只是跌到谷底了，情況已經不能更糟了。爬起來的過程是重要的。她給我看一本吉本芭娜娜的書《鳥羽》，我投射裡面老太婆的角色，她自然而然地沉睡，彷彿理所當然，在沉又緩的時間裡，等待內在自己的甦醒。

我不斷撤退，「黑暗，黑暗／你以為有底部／你爬，花在那上面／要還是不要」。

一整年我在床上聽父親的拖鞋腳步聲響，聽著學校整點的鐘聲，我躺在床上知道外面的一切活動，我所能做的只是翻動肉體。

父親非常沒有安全感，家裡的大門有七道鎖，我連出門吃飯都顯得煩，身體卻不斷臃腫起來。「愛／渴欲衝出這顆精神火球／夢，鬆脫之後／棄置一間矮小的房」爸爸轉動門鎖的聲音、拖鞋的腳步聲，以及窗外傳來的教堂鐘響都使我痛苦。因我活著如死，清晰的時間不停轉動。

每天早上十一點半和下午五點半是爸爸習慣外出吃飯的時間，無論我願不願意，他都會叫我。坍在床上的我最恨這兩段時間，彷彿固定的鬧鐘，叫一個死人活動。而且非常固定，我總有預感他要叫我了。

每天中午吃完飯後，爸爸會泡一杯烏龍茶給我，有時我握著溫熱的茶杯，會有想哭泣的衝動。我想，這整個世界，我只剩這杯爸爸泡的熱茶。他也老了，從來也不知道怎麼照顧小孩，怎麼和小孩相處，我又覺得想愛他，只剩下這一個人在我身邊。

過去的仇恨，依舊走動在這老屋之內。老舊的屋子，爸爸在固定的時間熨燙衣服、看股票、吃飯，過年老的生活。當初，我回來他高興極了，他想要有一個女兒承歡膝下。沒想到這一年來我病懨懨的，只剩一雙膽怯的眼睛。我們隔著一道牆，傾聽彼此的寂寞。

在我沉睡的這一年，過去與現在的愛恨，超越我心所能負荷的，於是我不斷往下掉。我在睡眠中抵抗死亡。連轉角麵攤的阿姨都察覺我的不對勁，告訴我二舅媽我看起來精神狀況出了問題。

這段時間，我中斷精神分裂症的藥，完全地陷入重度憂鬱之中。爸爸不明白，他拿給我一本微笑面對人生的書，我有一點憤怒。爸爸說要把過去不好的遺忘，他不誠實。他說我根本沒事，不需要看心理醫生。

這一段時間我做錯了一件事，因為寂寞和絕望，我主動打電話和前男友聯絡。我們晚上一起走路，因為當時我連走路都顯得困難，我們一起找出路。後來，我們爭執，我懷孕，他無情地離開了我。我的天使像我，「一個孩子／不知道自己受傷了，／還玩著父母滾燙的眼淚」。

剛開始住進來的時候，我六、七次表達想離開外租房子的念頭，爸爸以哀求的聲音留我；後來我的翅膀斷掉了，我也病得離不開這棟老房子了。於是我想，就當是修煉。爸爸說話粗魯，有時講我講得很難聽，還害怕我拖垮他，承歡膝下的夢破碎了。

我想我可以理解媽媽離開這個男人的原因，「媽，妳可憐，這一輩子這麼寂寞。」但是，他是我爸爸，我也病得走不開、站不起來，走不出去，何況是租房子再一次離家呢。

我看完一部電影，不知道為什麼寫下，「已經沒有別人了／讓我愛你吧／你還記得如何愛吧／他們都已轉身／剩下我們／讓我愛你吧」。我一把鼻涕一把眼淚地體會到真相，還打電話把這首詩朗讀給姊姊聽。

* * *

奇蹟總是這樣發生的。偶然也是。毫無心理準備，它發生了。

我走進一間畫室，開始畫畫。第一幅畫是臨摹，我的臨摹總像是投不準的籃球，七分歪歪斜斜地不像。不像，彷彿是我的人生，一種不在常軌跑道裡的奔馳。我的第一幅畫是，夜晚的月光如金幣一般輝煌，廚房用具不成比例，卻有蠟筆畫溫馨的感覺。

我喜歡在某些正常的情境擺一些不合理的物件，我喜歡用歡愉的筆觸描述黑暗的心情。

我喜歡一幅畫，是女畫家的心靈花園，有鳥兒進出，漂亮的花朵生長，我偏偏要擺上一張生鏽的椅子，猶如廢棄的兒童樂園。在蜿蜒的草地上，一張掉漆的椅子，象徵我失落的孩童時代，還來不及長大，便年紀大了。帶有一點悲傷溫柔的感覺。

臨摹一陣子，便躲著老師開始偷偷地畫，我畫一棟形變的海上琴房，這是藝術之樓房，我住在裡面。你走進門廳，便迷失其中。造型看起來像一艘船，窗戶是信封袋的樣子，屋頂像一面旗幟，又像一件巨大的觀星望遠鏡。

藝術創作就是在這棟房子裡發光，內部既是漆黑也有幽微的光閃爍。如迷宮，有普通人所不知的斷層和苦處；也有狂喜，你想要走進去，一下子便迷路了。就像我，很多畫、很多詩，精神不穩定，倉庫裡堆積滿銷售不出去的創作。我的雙手在天空描述圖案，我的雙眼望入悲傷的靈魂，「每一封信的開頭都是親愛的／這裡也沒有地址／我便住在這裡，腦與手不知去向」。

創作始終纏繞著我的人生，我也纏繞著我的創作。我在裡面呼吸、崩潰，在自行復原。

〈鳥羽〉是第一幅為朋友的生命而畫。我用陰暗寫浪漫，用光亮的顏色畫出靈、肉分離的剎那。畫作橫放如死了、病倒了、沉睡了的鳥，頭顱插著十字架是她肉身的棲息地。死亡一瞬間，她終於飛翔出去，那輕如羽毛的靈魂，解脫了、自由了。

將畫直看則像面對自己的倒影、面對自己的鏡面，「羽毛髒髒，／噓！／她睡著了，／她的夢好乾淨」。羽毛翅膀像極了巨大的手，我在這畫面裡安排一件弄髒的小衣服，她的手日以繼夜地洗滌，永遠不夠乾淨，這是我對人生潛意識的一種看法。無論洗得多麼乾淨，人是有罪的，來這世界上清洗裝卸自己的靈肉、用睡眠裝卸自己日漸失落的靈魂。

我這位同性戀詩人朋友以自殺詩見長，她自殺過許多次，但是她能以絕望、孤寂，寫出溫柔浪漫的好詩。「因暴戾的節制，／而產生了溫柔／因谷底的浸泡，／狂喜了」，後來我聽聞她生重病，即將離世，她顯然理智面對這件事，她說：「自殺這麼多次，是自己決定論的、也可能是哲學的，更真實則是人生痛苦到必須結束。這次卻是註定好要被帶走的，感覺差很多。」

我很心疼她。我把她的痛苦用黑暗溫柔的顏色表現，靈肉剝離之後是一片金色又輕薄的羽毛。然而，十字架和洗滌衣服，仍然象徵我們擺脫不了這一切，希望、絕望和救贖，是畫裡面很重要的暗示。

創作中的女人，濃烈到彷彿與自己激吻。人的靈魂是可以走進畫裡面的，創作的同時，你可以感覺到靈魂正在工作，每一個筆觸都有呼吸聲音，只要自己喜歡的畫作，裡面必定有畫家的靈魂。無論沉重或緩慢，華麗或可愛的絕望，明亮或憂傷。

＊　＊　＊

我寫完小說後，深受影響，成為裡面每一個角色，並在日常生活裡陷落到故事情節。一部無法正式發表的小說，我非常愛它，也感覺它與我互相糾纏，有一種不甘心的心情產生；輪迴在角色和情節之中，想甩開也甩不掉。

記得有人說，一隻鳥在森林唱歌了，沒有人聽到，到底這隻鳥有沒有唱過歌呢？我想，答案是有的。這由古往今來，即便是死不瞑目的創作者來說，應該也是相同的答案。因為我們即使沒有名字和讀者，我們的生命也是在藝術裡發光發熱的，這就是熱情或說執著、狂熱吧。

我們青春狂騷的樣子，痛苦哭泣的眼淚，喜悅浪漫的悲傷，一幅一幅如生命吶喊那一條激情的河流。

＊　＊　＊

我今天早上和姊姊通過電話，今天是颱風天。

她和哥哥都提到過：「畫畫或寫字都應該當作是興趣，妳必須有收入。」這對我的年紀來說，確實是一個值得參考的建議。我站在一個臨界點上，風吹來，要我做一個決定，回歸常人的跑道。我想到我有一個朋友說，你知道為什麼一個搖滾歌手有生命期，因為他們的生命狀態不能一直處於激烈的狀態。藝術確實離不開人群，我應該打些零工來維持自己基本的生活開銷。

我曾經告訴英國媽媽，我可以為寫作而死；一部分的我已經上船了，要抽離，回到人群裡確實不容易。過去幾年，我都在夢想擁有一本自己的書。

由於憂鬱症的關係，我沒有正常的社交生活，但是常有漂亮的聲音在我的生活中閃耀。在遙遠的英國，我說自己是作家。後來我查了一本經典的英英字典，她定義作家為有出版品的人，這實在讓我很沮喪。原來，我撒了一個謊。

為了這個謊言，我必須說更多的謊。我說我是作家，有一本詩集，我說我認識一位詩人，當然是面對面的。其實我什麼都不是，我所描述的自殺者詩人，是一位從不回我信的同性戀網友。在這一個謊言裡面，我飄飄然的，有了美麗的身分，更受人喜愛。

姊姊曾要求我要想辦法讓自己的創作露臉，我還賭氣兇她一句：「我是個藝術家，不是個拿自己生命去販賣的業務。我不會這些，也不會去做。」我還曾對哥哥說，「我的創作是沒有想到讀者的，想到那麼多如何創作。」我寫信給一位有名的詩人說，「投稿和參加比賽可比擬自殺行為。」

＊　＊　＊

因為聽到一位女作家墜樓的消息，我輕輕打開這本書，我把自己寫進去了，死亡的語言一直跟隨我。我削尖了鉛筆，開始一本危險的書籍。

有一個故事說，巫女控制不住自己的法力之前，是極有可能自我毀滅的。「唯有如此殘酷，才能接近安全。」這是我書中的一句話，「闔上它」。但是那是不可能的，我花六年寫出來，雖是魔幻寫實風格，卻都是生活裡發生的事情。「這是我為你保留最後的日記。」

你知道嗎？有一個年輕藝術作曲家答應魔鬼，用自己的生命去換來完美的曲子，曲子做出來，他也無端而死亡。這叫魔鬼的交換，你願意嗎？或者我再問一個道德上的問題，如果你寫出一篇巨作，但是會害死不少人，你會選擇出版嗎？

我曾經站在一幅畫面前冒冷汗，暈眩，那是莫內的畫。逼真的光影，重複地朝夕，我怎麼會站在警戒線前面呢，怎麼進不去呢。我曾經控制不住自己體內的力量，太痛苦而巨大了，所以我自虐，在手腕上畫一刀。因為太痛了，我知道自己不會走那一步，我哭了，像個懦夫一樣靠在桌邊啜泣一個多小時。我也摔玻璃，因為我聽見一首曲子，太過悲情，而忍耐不住。

「我害怕，雙手種不出活的花朵／我害怕我的愛是壞的／所以我重複重複／不能停止畫花」，我也寫了，「她走了、病了，不敢愛了」是自己的寫照。

這些作品有好、惡之分嗎？

你怕憤怒燃燒的靈嗎，怕看見纏繞困惑的蛇嗎。你怕見到我醜陋的模樣嗎？

我喜歡羅丹，他的素描使人潮濕，他的雕塑孔武有力又有溫柔的痕跡，但是我最喜歡他來台展出的一系列素描，好像有很多鬼穿越一個身體。我有這樣的經驗，被靈魂穿透而醒來的經驗。很痛，很嚇人，那種被無數靈魂穿梭自己身體的感覺，使我大叫一聲醒來，我可以感覺那靈從我頭上竄出去。

＊　＊　＊

我今天查了 part 這個字，英文的歧義性真的非常有趣，它可以是分離，可以是部份章節，可以打開窗簾，還可以把額頭前的瀏海撥開。

我常常想到 spell 這個字，我的拼字很弱啊，同時也是我的魔法很虛弱的意思。

自從英國回來以後，我打開第一本英文小說來看。我整個人縮在母親遺物——一張暗紅色沙發裡閱讀，我感覺自己像玫瑰姿態，也像空心菜般翠綠鮮活。沙發厚度很深，可以把我整個人包覆起來，感覺非常溫柔而安全。

這本書叫《The Tiger's Child》。我非常容易走進藝術品裡，看書也是會選定小說裡貼近自己的角色；這種行為就好比團體照裡我們很自然地會先找自己在哪裡一樣。我和書的連結很強，書中小女孩是一位在中途之家數度被轉手的女孩，但是非常有創造力。

她的母親遺棄她，她的父親酗酒、生活不安穩。她說她喜歡的不是小王子裡面的玫瑰，而是那不怕刺的老虎，「來吧，我要拔掉你的刺，讓我進入你的花園征服你吧。」我喜歡她這樣的調調，我也要進入荒漠、叢林，與病跳舞；來吧，讓我們的瞳孔相接吧，我會好起來，讓你縮小在一旁。

我每天看一章，由於閱讀能力還不夠好，所以我總是趴在白色大地板或者是窩在沙發裡讀出聲音來。我想到我在英國一家二手書店看到一本《Block》，上下兩冊，也是每天下課去翻個十來頁。那時候我已經發作了，我以為那是我和你秘密通訊的手札，充滿預言和暗示。

第一次見面時我唸自己的小詩，「A block of block to hide.」既是人與人之間的面具，也是我在社交生活裡萎縮的樣子。在我的國家，純文學並沒有暢銷書的觀念，只有名家的存在。

＊　＊　＊

從倫敦回來以後，我喜歡雙手抱腳踝搖動，感覺自己有一種病態的美感，很恍惚，很像金色陽光晃動時的悲哀。我覺得自己很美，我在陽台上唱歌，在巴布迪倫的滄桑諷刺中做菜，並且想像自己是約翰藍儂的妻子，而跟隨天光、舉起自己的手，彷彿有人牽著我旋轉般舞動。

「約翰藍儂／憂傷的清晨，微冷的昨夜／我寫一首歌給你／用我的心甜甜改寫／天光起／扶我的手／冷冷的／霓虹、女郎、裸足／你的妻子是否象徵永恆？」

＊　＊　＊

和爸爸住的日子一天、一天過去了，他說我沒有病，但是作息要正常、要戒菸。爸爸不要我去看諮商，每次我出去，難得出去，他總是說，妳不要去。

回家他會問我諮商怎麼說？我也說不出個所以然來。我只知道這個溫柔的力量支撐我，讓我不至於碰一聲墜樓。人家說我命好，過這種日子，若是一般人貧窮一點，病死了也要去工作賺錢，哪有閒功夫憂鬱。

我讀盛正德《以畫療傷：一個畫家的憂鬱症療癒之旅》，一個患中度憂鬱症的畫家，生病時的手，居然沒有辦法畫張像樣的圖，他把自己的憂鬱以畫作全盤托出，在閱讀過程中我覺得安慰，好像遠處有聲音在呼喚，像一個朋友跟你娓娓道來。這位畫家每天醒來的第一件事情便是畫一張畫。隨著病情好轉，他畫中的線條也漸漸恢復。

真正的深谷是難以創作的，我當時便在這樣的狀態，一下筆便是死的念頭。靈感繆思女神離我而去，我只剩下一張床、一部電腦、一台電視機。由於無法出門，幾乎把書架上的書全部重看一遍。每天不是拼命讀書，便是上網看娛樂新聞，看電視來麻痺自己。以前，我是一個不看電視的人，突然變成一個娛樂專家。

好在有畫室老師經常打電話來詢問狀況，拉我出門，也幸好我遇到一位好諮商，還有爸爸的熱茶以及姊姊、姊夫的關心。這一些人為何救得了我，他們僅僅是延長我的生命，我所看見的是她們對我不放棄的精神。不放棄，真是一件人生難得的事。

在我快要去死的生日，姊姊居然送我一本「三年日記」。要我安排自己的生活，慢慢來，站起來。這時我幾乎無法和好友玩耍說笑，我一開口便透露想死的事，雖然難以啟口怕人擔心，還是會忍不住說出來，所以也減少了跟密友的對話。

我從來沒有吃憂鬱症的藥，但是吃精神分裂症的藥。這段時間我也和爸爸住在一起，我活在一天近十顆的藥物世界之中，小小的藥丸，充斥我的生活。我連吃飯的力氣都沒有，卻一直發胖起來。有一天我自己認為我不需要再吃精神分裂症的藥物了，我以為自己好了，結果又復發了。

＊　＊　＊

在我去英國之前，計畫要考兒童文學研究所。某種程度，我也抗拒，主要是因為我認為文學不必透過學習，好的作品多是來自生活的經驗。有一點像我不考劍橋測驗來證明我的英文程度，語言和文學是屬於生命、生活的，基本上不是通過任何測試可以驗證的。

每一次我和兒童們相處，總是感覺，我和他們的特質如此相容相似，擁有一樣的氣味。兒童是天真的也是殘暴的，她們簡單，具創造性，對於渴望的事物與知識強取豪奪。

我一直質疑我自己，兒童文學真的是我想要的嗎？我真的愛孩子嗎？還是因為我那貧乏的童年，留下的傷口缺憾，而想要回頭去舔傷口，彌補自己逝去的童年生活。

上次提到的那本書《The Tiger's Child》，作者的背景是特殊教育，我投射這個作者，也進入主角莎拉的世界。

* * *

我們終將老去。時間裡誰也無法反駁歲月的刻痕。我常覺得我去英國是命中注定，發瘋回來也是，也許我就是為了去見你一面。只有一眼，靈魂劇烈相遇，是你先指認了我。你寫詩，我也寫詩，我們都是在為第一本詩集努力的老靈魂。

教室裡，我正翻閱世界地圖，想要知道同學的家鄉在地球的哪個位置，你則是第一天來試教的老師。你一開口對我說：「大家的英文都像你這麼好嗎？」那時逆光，陽光從我背面灑進一大片，我看不清楚你。只有一雙藍眼睛。

你要求大家針對你的家族相片撰寫故事，我抽到一隻貓的背影，靠在你的妹妹身上。我一個字也不寫，倒是眼淚流到你的眼裡。我給你看我的手，我拿筆的手上佈滿深淺的抓痕，你哪裡知道我是拋棄一切來英國的。最後一天，我送走我的貓，留下齒痕、抓痕，咬痕。你說那叫，「昨日的傷口——舊傷口」（ex-hurt）。

從此我們在教室裡追逐彼此，像獵人與獵物。我一度深深看入你的眼睛，你沒有退縮，你進攻、前進，宛若獅子追逐白兔，等待一片撕咬，我便要進入你的永恆。我逃跑，邊勾引著你前來，你說：「讓她寫。」（Let her write）聽起來像，「讓她成為對的」。我一聽便心動，在我的國家，眾人大聲說話，敲響是非，而我的想法總是容易遁入沉默。我想我有一大部分的委屈是在於我的想法不被家人接受，我不曾被理解，因而陷入痛苦的孤寂裡。

我後來在倫敦街頭流浪兩個星期，心裡念的、懸的總是追尋你。是的，追尋。為了再碰觸到你的靈魂，我走不完這座巨大嘈雜的城市。隨便搭上一般公車，把行李丟在飛機場，隨便到哪裡，想走空這座城市，我想你也在城市的某處找尋我的靈魂。

其實我去巴黎過聖誕節時，就已經不對勁了。回到學校後更加嚴重。

我在倫敦隨便搭上公車，與車上的孩子玩耍，有一個可愛的女孩坐在我隔壁，一個調皮的男生下車時，偷拉她頭髮一把，我暗想這就是喜歡。

夜晚，我走到哪裡就住在附近的飯店。我在飯店逃生空間走，一扇門又一扇門之間，自言自語。回到台灣我先是住在以前的家中，我一個人住那裡好幾年了，家人都離開家了。牆壁溼透了，好像我那幾年獨自一個人在老屋裡腐朽。

剛回台灣時，我以為有兩個廣播頻道在搶我做主持人，我每天和廣播收音機隔空對話。聽到一首王菲的歌曲，裡面有死亡的訊息，我便摔一個杯子在牆上。諸如此類事情。

後來我又搬到北投居住，窗簾是自己丈量、選布、裁布，畫設計圖。是一大扇米白色亞麻布窗簾，下午時候陽光穿透，屋內有不同層次的金黃色，最是浪漫。

剪裁一塊自己想要比例的玻璃，做成鏡子，入門就可以看到翻飛的裙擺，女人的腿腹之美，「停在，一次照它，裙擺生花」。

買紅色的被單搭配粉紅色的枕頭，抱著一隻綠色大鼻子玩偶睡覺。

我在陽台上唱歌，旋轉舞動，跟西洋歌手在歌聲中談一場轟轟烈烈的戀愛，時常淚流滿面或感覺幸福而笑了起來。每天不是讀英文便是創作。一開始一切都非常美好。

直到我以為自己可以與亡靈對話，以為自己在看因果。國中我曾主持一項科學展覽，主題是「催命殺手菸」，我們給白老鼠抽菸，實驗結束後，一個同學把白老鼠帶回家，聽說白老鼠瞎了、聾了，走路一跛一跛，應該撐不了幾日。

我妄想這隻白老鼠跟著我，牠高興地看著我無法離開菸，終有一天我會和牠一樣。牠一直沒離開，我自覺就是那隻被實驗的白老鼠，非常驚慌惶恐。這就是業，就是中國人講的現世報。

漸漸地，進浴室看到馬桶我也怕，我想到三毛的繩索。在浴缸內我也怕被蜈蚣纏繞身體。我因為害怕，丟掉所有的東西，包括一把老吉他和一件一萬多塊的伴娘禮服，就像在英國一樣拋棄身邊的東西。後來我搬到台中姊姊家休養，就是那時我開始看精神科醫生，知道自己得了精神分裂症。

有一次我去看明華園戶外演出，我在台下即時改編演出內容，燈光打在我的身上，我又是痴笑，又是喃喃自語。另一次是在倫敦交響樂團來台灣的時候，那一天下大雨，我穿著風衣，內領有麥克風可以直接和台上對話。跟在倫敦時一樣，我以為我所說的話、所發出的訊息，都會被某種天線接收而傳出去。現在我如果看到路上有人瘋言瘋語，就會想到當時的我。

＊　＊　＊

我和父親一部分是一種互相利用的關係，因為寂寞而攀爬彼此的人生。在搬過去和父親同住之前，我們鮮少互動。後來我住在那裡，極度痛苦，靈魂整個往下沉，所有過去浮上心頭，「黑色膠捲／雪一般的耳朵／我在我摀住耳朵的房裏／整夜機警／兩個孩子，壞了牙／早晨作早夢／媽媽煮飯／阿爸竈子裡悶好／全家開動」。

我睡在我童年的房間，姊姊摀住我的耳朵，門縫之外傳來父母爭執不休的聲音。

我不是以一個女兒的身分住進來的，反而像是一個大法官，在心裡批鬥父親當年的不是。我又懷念住在北投和台中的日子，一直跟父親說想要搬出去。父親以近乎哀求的語氣六、七次要我留下來，安定下來。我心裡卻覺得父親是在為自己的利益打算盤，要是我不住下來，他就真的要變成獨居老人了。

家裡的布置也非常奇怪，花花綠綠的過長的門簾，客廳桌上一堆小玩偶，牆壁上掛滿百子圖等畫作。父親非常愛自己，每隔一段時間便要我替他拍照。他像一個帥氣的演員，更換不同的衣服，在客廳不同地方要我為他拍照。簡直跟小時候一模一樣。

事實上父親每天叫我吃飯，給我泡茶，幫我洗衣、熨燙。我先是承認恨他，然後痛哭一番。漸漸地，我寫出這樣的詩句，「你還記得如何愛吧？／已經沒有別人了，／讓我給你這一份愛吧！」

姊姊則勸我，跟爸住是我依賴爸爸得多，我失去工作能力，爸爸給我零用錢過活是事實，他要我看清楚現實；哥哥惡狠狠地切開這一切，他不要這個原生家庭了。我曾經那麼愛哥哥，他卻只想離開；姊姊說我與他連絡，反而變成他急於逃避的蛇蠍。

原來，不是每個家都渴望圓滿的；對於我們所愛的人，不連絡，反而是一種放生。我非常困惑。

＊　＊　＊

我在皇后廣場等你。你說：「如果有人對詩感興趣的話。」我失約了，如果我當時勇敢一點，是不是一切都會不同。

聖誕節前的第一場雪，初雪降得多麼緩慢。這天我並沒有去上學，直接住宿面對皇后廣場的飯店。我想像詩人在尖碑下朗讀，如永恆的鬼魂，我仍可以聽見詩歌朗讀聲，在雪的一角綻放。我繞著方碑、靠著方碑，雪撲上我的臉，我不怕冷，只怕那熱滾滾的詩人，要從地府裡竄出來，與我共唸詩歌，用熱情讚頌雪。

我在飯店寫了幾首詩，放在皇后廣場的樹洞下，等待有人看到。我在方碑下焚燒我的詩作，詩作一個字、一個字，隨火焰消失了。這種毀滅，有一種殘酷的快感。

一個女人的床，象徵她的心理狀態。那天我裸睡，經血來，我用一條毛巾墊著；赤身走來走去，頻頻洗澡，反正身體是永遠洗不乾淨而且容易潮濕的。

雖然我還沒有詩集，但是我在皇后廣場樹洞裡留下我的詩作和信，期待有人拿走，成為一件浪漫而神秘的事情。

我在飯店內打電話給我法國的朋友，我說有人偷窺我的作品，我要告他們，可是我與住宿家庭和學校的感情都非常好，令我感到非常困擾。當時朋友已經察覺我精神狀況不對勁，日後她非常後悔她沒有即時要我回台灣。

＊　＊　＊

我還記得那天晚上九點狂奔。

接近九點，香菸抽光了。

對西方人而言，我看起來像個小女孩，還在讀書的樣子。

便利商店不給我香菸。我說：「我一九八〇年生，以我的國家年齡來算，已經二十七歲了。」

英國媽媽知道之後，馬上打查詢電話簿，打電話到便利商店，對店員說：「妳應該相信她，她已經告訴妳她的年齡了。妳不相信她說的話是不對的。」對方回答說我沒有帶證件證明自己的年齡，她只是盡責。

後來英國媽媽生氣地掛上電話，從抽屜裡翻出一張我的就學證明，上面有我的年齡。時間已經八點五十分了，我穿起靴子、皮衣，那天很冷，我以百米速度狂奔在街上，心裡想著，我不是為這包菸而奔跑，而是為了那份信任而跑。我還能記得當時的心跳，以及自己喘息的聲音。左閃行人、右躲來車，我的心噗通、噗通地跳躍著。

當我抵達街口的便利商店時，已經接近九點了，我大聲說：「妳看，我二十七歲了。給我一包菸。」由於我的聲音太大，又一臉得意的樣子，那位小姐也露出無奈又好笑的表情說，「妳要什麼牌子的都行。」

我也曾如此為你飛奔。八點半，小戲院見。

英國媽媽告訴我有我的電話留言，是你約我。

當時已經八點二十分了，要走到市中心的小戲院需要三十分鐘，時間肯定來不及。

我一路狂奔到小戲院，時間已經晚了，我遲到了，黑漆漆的夜晚，我沒看見你，戲院外面一個人都沒有。

我非常失望，不過還是進了戲院，看了一齣好看極了的法國電影「THE SCIENCE OF SLEEP」。內容是一對藝術家的狂想，也包括我對你的幻想；我一直希望有這樣的伴侶，對於創作有點瘋狂，一個給出一點，另一個可以接續下去。

片中的藝術是狂想的，不孤獨的。

我很喜歡這部電影，不過我並沒有看完它。

我走出戲院，外面仍然很冷，你沒有來。

回到住宿家庭，我問英國媽媽，她閃爍其詞，我說我要聽留言，她說已經刪除了。我看著她的眼睛，我懷疑這是一場惡作劇。就像夜半的唱和一般，這個神秘男子到底存不存在呢？也已成為一個謎。

＊ ＊ ＊

我後來寫信問你這件事。你只回答我們下一次還是可以在小戲院見面。

你曾經問我地址，我說：「我希望是健康地到你身邊。」在我心中，你是一隻獅子，你無懼我的靈魂，直往前追捕我的閃躲，你是屬於金色森林的。我開玩笑說，「要去英國和你一起寫羅曼史。」這中間真是悲哀，我這麼不健康，怎麼可能飛到你身邊。

但我心中還是小小地夢想著。自己能克服精神分裂症併發憂鬱症，我能通過這一條黑而厚重的病的隧道，才值得你那強健的體魄和靈魂。

我的護照也已被姊姊沒收了。我哪兒也不能去，我病了，重病讓我不得自由。下一次出國到歐洲，可能是五年以後的事情了。

＊　＊　＊

靈魂指認彼此，卻無法在一起，這是宿命，所以我們的相遇這麼短暫又深刻。可是生活中，記憶會褪色，我因此開始害怕，深深走進你靈魂的那一眼，被粗糙的歲月給玷汙了。

我閉上眼睛，祈禱我們的靈性，不要否認那個神秘的時刻。

01　火宅

02 慾望之閣

豪雨，好像已經好幾天了。有的時候，它打在心上，磅礴而且清涼；有的時候，使人懊惱，停不了像是一種指責。我靠在窗邊，睡著或掙扎著更睡著。醒來之前抓著靈活的夢，現實裡不敢去想的情節，這麼吸引人，而且只要享受就好了。

幾度懷疑，如果可以失去身體，讓靈魂不受綑綁飛出去的話，我可能接近瘋狂。不必再多想，所有的故事都附著到一個哭泣的靈魂。而我正看著它毀壞，因為我正在闔上；闔上，這樣雖然心有不忍，或說卑鄙求生，但唯有如此殘酷，才接近安全。

一年之內，它生在七個我可以回想起來的軀幹內，目前尚且不斷分裂。他們分別是：音樂家J、國王K，以及剛繁殖出來的心理治療師h、自殺者S、伯爵L等。為了讓它有如實的肢體可以行走，我已經犧牲了固體的自己，用盡所有表演細胞，滋養一個它所喜愛的世界。我的世界。

狂妄的夢都有立足點，他們站起來行走，抖擻筋骨，化作再生的叩門人，「好久不見」，他們鑽進來，不甚老實的記憶，圍爐坐在枕邊，不管主人意願，逕自閒話家常，咒語得四不像。為了聽聽這些關節所能發出的清脆聲響「喀、啦」，現在的我正借住在陰陽之道；我存在，卻不再真實，也不虛構，灰濛濛的地方，陰暗混沌，包庇一張未完成的臉。勉強形容，是一個往哪裡移動都危險的座標，抬起頭可以望見滿天的失落。

＊　＊　＊

小時候我曾著迷於紙娃娃。如果是玩現成的娃娃，在有限的選擇裡搬弄人物，毋寧是比較符合資本社會的結構，然而我的，多半是自己勾勒、著色、剪下來，包括設計各種物件，具體而微的生活一應俱全。現在想想，原來在那麼小的時候，人們已經非常擅長這樣的遊戲：角色扮演。

＊　＊　＊

今天是報到的第一天，此後的每一個新生，都會回到同一個位置。也許是三年、五年、或十年三個月後，人們不斷回到五點五樓夾層之中，探望如蘭。

如蘭的味道像是剛曬過陽光的棉被，也有點像曬穀場裡面金黃色的稻穗；接近她的每一位新生，不是想要翻滾便是充滿遊戲的欲望。她對我們每一個人說的第一句話都是：「果然是新新人類。」如蘭身高一米七五，在淨高兩米的五點五樓之中走過，每每發出轟隆隆的聲響，好像要把天花板衝撞出一個大洞。

無論當時我在做些什麼，我總是會看見她走過我的位置，有瀟灑的頭髮和頑皮的笑，我認為她的眼角裝滿我。通常不到一個鐘頭之內，我就會出現在她的小房間裡面，賴著，把一切老實實告訴她。她曾經送我一張夏日傍晚的邀請卡：我們正在游泳池旁邊開派對，男士們身著燕尾服，女士們優雅展現美好的儀態，池畔午后輕聲細語，有一些高腳杯碰過彼此的小聲音，高貴的冰塊跳起來，突然妳出現了。

我出現了。無來由地從天空掉入空無一人的泳池中，並且旁若無人一個人玩。玩得很盡興，池畔上的西裝和高跟鞋也跳進來。整個派對陷入瘋狂，原來一些人始終心不在焉，濕淋淋的人們把彼此弄得更狼狽，哈哈笑著。而池畔的尖叫聲此起彼落，竄來竄去，要求恢復秩序。

我深信她曾經是站在水裡面對我燦然一笑的族群，世界便在凝望間融融消失了。這一幕像是生平第一個彩色的夢，種進裡面；日後我經常練習，甚至擴充自己的角色份量與更新更為細緻、龐大的場景。直到一天我明白，池畔的宴會只會安靜發生，其他的都是幻覺。

這一天我又莫名奇妙地置身在水裡，每當時間撥轉至此刻，我就像荷葉上的青蛙，不由自主呱呱叫。照常嘩啦啦地在池子裡翻跟斗，還帶來了海豚形狀的汽球、泡泡糖和魷魚絲。我知道只要用單純的眼睛往岸邊一望，她就會跳下來，然後第二、三、四人等噗通噗通，世界又會一團亂，像每一次一樣好玩極了。「你真的是一個大麻煩。」如蘭笑，我感覺溺愛。

我看見她了。她佩戴訂製的珍珠項鍊，項鍊與肌膚之間沒有縫隙。「如蘭。」我高興呼喚著她，她的眼角並沒有像過去一樣承載著我，她什麼都沒說，我卻彷彿聽見：「沒有用，有一天你還是會長大的。」突然之間，我警覺自己多麼古怪而不合時宜；更糟的是，我渾身濕透了。

宴會就要結束，如蘭第一次沒有跳下水來。我卡在池裡亂竄，直到我發現周圍有一群魚類拍打著水面，激起一些浪花，才意識到「什麼發生了」。而且由於已敏銳覺知自己丑角一般的行徑，往後再也無法若無事然地被拋丟到水池裡。池畔日子一天比一天抽長，池裡的擁擠是前所未見的；同伴們露出魚牙尖尖的，彼此嘲笑咆哮。每位同伴，都思念著如蘭；再見如蘭，是大家共同的盼望。

＊　＊　＊

他就像一個遙遠的我。如果要說出一個名字，一個和我一起降臨海洋兩端，作用出恐怖平衡的對手，我會毫不猶豫的說，他是阿烈斯。只有一人可以將對方吞沒；這是海面平靜的原因。阿烈斯，光是吐出音節，溫柔和心碎的感覺，就潮湧而來……阿烈斯類似於獨一無二的魟，如果不是他的靠近，我相信自己早就上岸。

「我會徹徹底底離開你。」是每天醒來的催眠曲，實則匍匐在他周匝，狀似詼諧，這種「我一定要」的練習，不經意就再度落在同一個彈錯的音。無疑他屬一種巨大的邪惡，雖心裡總有跟隨他的欲望，然而離去的意志也作為與生俱來的本能。平衡感是最重要的，已學會的技巧再度生疏了，我不能允許自己。喜愛他與不能夠去喜歡，總是鋸齒狀，總是畸零的閃電，好似貓咪小狗的麒麟尾巴，是帶傷的祝福。經常我幻想，我們碰到的瞬間，一定比一對失散的齒輪還貪婪，時間會射出一支箭，過去的瘀血便會飛旋出去。我們會狂喜我們會狂喜。

「再次喜歡你如此容易又危險」是我對他近乎不悔的告白。

阿烈斯住在地下室，他喜歡任何象徵腐蝕的活動，他會摳摳鏽蝕的釘，早晨起便在床沿靜坐，嗅著濕冷陰暗的空氣味道，好像很滿足又著迷，深深吸一口氣。他甘心在那樣低的地方迴旋，向來不掙扎。至少在我所能看見的地方，是如此。

當我在五線譜間上下搬動時，他總是拉把椅子坐在最低的聲線上；弔詭的是，他認為自己是「你所不敢撥斷的琴弦、在你之上大膽而甜美的歌。」為了一聞這種舉世最堅硬的脆音，我沉淪、奮起，漸漸陷入他所勾織的新天地，無天無涯，不問去向。「我們的越界，是否有奔向彼此想要的地方？」一度，這是個問題，然而在這樣的胸懷裡，你勢必成為一個靜默的舞者。什麼都不重要，雪會停，我們有地方棲息。

他私下喚我作「小跳蚤」。阿烈斯內外在有很大的斷裂，想要走進他，一下子就會迷路了。每當提到這件事，他總是淡淡的說：「總有一天你會明白這是怎麼一回事。」

阿烈斯「懂」濕潤的心室。他擅長此道，挖掘每一個富藏金礦的旅者；他是優秀的詩人，一度以為最剔透的暴政不過如此。理想性的阿烈斯、用一雙陰惻惻眼神週轉存在感的他，能製作一種透明的膜，柔軟將你一生的重點覆蓋。

「那是愛吧。阿烈斯。」將手撫向對方的心窩，那炙熱的心，滑落一陣冰涼。

＊　＊　＊

一但鮮明旗幟的座標定錨之後，整座人生有了主軸，所有悲嘆也就紛紛閃起了光芒。朝那面旗幟一拉，卻發現底下暗藏的繩索，串連著一顆顆青澀的黑球，在整片黑潮海面，忽明忽滅、載浮載沉地把海域晃動起來。

「你覺得姊姊比媽媽愛你嗎？」心理治療師h說話好小聲，我們都知道這個問題是一顆深海炸彈。

我先有動作，想要辯解或回答的衝動，語言未明前的張力，用最短的時間在空白的腦中衝刺。原本駝著身軀直了一下，嘴巴張開又閉上，也許我的右手有像演講家般抬起，而又頹然。長又短的，無法算計的時間中，理智和記憶都還不及抵達的領域，我說：「我不知道。」

然後我像毛蟲蜷起來，聽見自己不自禁地抽噎。也許還有忍耐的氣力在裡面，所以我感覺喉頭快要掉出來了。我感謝精巧的造物主，他以最為神奇的質材，隔絕出一間牢靠的密室。

我想要一個擁抱，但是任何人都不適切。

窗簾，白色捲簾，下午四點到六點，初夏或者還在春，密密將外面阻絕在外之外。但那種捲簾是會透光的，初夏或春末的傍晚，陽光有時候刺亮，有時候是溫暖的微黃，有時候只是和捲簾一樣，呈現白色的本質。在時光以顏色的暗語緩緩挪移的洗滌之中，我領受恍若假想出來的時序。h坐在我對面，白色的畫布就在她單椅沙發的後方，我知道她是藝術相關科系畢業的。她說：「等一下吃一頓好的，好嗎？」

她好小，散發那種中性的顏色，掛上去的，一成不變的體解，宛若我對待朋友的方法。她經常是以盤腿的姿勢，待在紅色的蛋椅布沙發裡面；我夾著尾巴，羞聲告別，一張臉，白的、紅的壁壘分明，國劇臉譜。我牽著一隻頑皮豹，跟我一樣大隻的粉紅色頑皮豹，走進下午行天宮迷路的地下道，也走進垂暮的東區夜色。

走進東區，臉上有緊實感，眼淚滑落過的臉，是如此粗糙、而且沙啞。綳綳的。我住在巷子裡，覺得喜歡住巷子的人，性格就是和臨路的不一樣，巷子裡的二十七歲是曖昧的探索的人生，巷子裡的三十七歲是低調的神秘主義者。巷子裡的十七歲，和臨路的十七歲一起放學。

右轉再右轉，二十三歲的時候，街道由枯骨撐起，景象恐怖而蕭索。我小心翼翼地走回家，無法告訴朋友骨頭的事情，如果我拍拍他的肩，將看見的說出來，彼此有一個人一定會被取消。所以我小心翼翼走回家，右轉再右轉，保持沉默。夢中有為數不少的親友復活。

從媽媽死了之後，我一直往回走，什麼也找不到。我越來越像一個小孩，然而時間卻越走越快。似乎沒有一個撥亂反正的時間點。直到，直到伯爵L說要給我一個位置；位置！在我離開之後，仍然保留著。我想像那個空蕩蕩的位置，無論我換了幾個工作，其實我一直在那裡；

我來了又走了，幾多華麗又頹敗的汁液，散在行囊裡，堆砌著我所不明白的隻字片語。

有什麼衣服，比未定的少女更引人入勝。女人的鏡子、男人的春藥，強悍又脆弱的鼓聲，掙扎迴旋的旋律，這一座荒漠的古堡，豐盈得讓人哆嗦。然而在真實裡，一個人空虛的夜晚，多少次，我對自己厭惡，厭惡又愛極了。愛極了又厭倦，撕不破的時間，比心跳更野蠻、無辜。

媽媽在地下道看我迷路，沒有驚慌的神色，若無事然地在人群裡，媽媽的么女和一隻粉紅色大豹。媽媽在惡作劇，直到她發現真的把我弄丟了……

＊　＊　＊

國王K在五點五樓梯廳偶然撞見我，他對我所發出的第一個聲音是：「小樂樂！」在挑高七米二的樓層裡，這三個音節拼起來像POWER，事業有成的男人幾乎不可能聽起來像別種聲音。它們撞到天花板之後一束回到地面，我就被定在那個位置。不容輕忽的起點，「刷」一聲，揭幕。

「這位是齊襄理。」齊襄理是什麼鬼並不重要，重要的是國王K說「這、位、是、齊、襄、理。」而我再也不是找不到時機遞名片的女孩，國王說：「這位是齊襄理，他在這一行非常優秀，你要多跟他學習。」燈光是間接式的照明，可能是光線的因素，齊襄理的臉是模糊的。

國王的眼睛用銅線吊掛，圓圓的如同汞銀，只有黑色的部分被提煉出來，閃現著笑意。我其實懷抱著腳底抹油的尷尬，卻在一瞬間張開了翅膀，莊重地說：「齊襄理，你好。」我不知道櫃檯小姐是否有注意到這歷史性的一幅畫。因為這魔術的時刻，使我心悅臣服，而且無論我做出什麼事情，總是不斷看見，國王永遠對我笑著，允許著Go on girl。就像現在。以及幾個破損難堪的時刻……

第一天報到，我穿著紫藍色針織上衣，七分袖。圓領、排釦及袖口的邊緣，縫有白色無彈性蕾絲棉布；灰色的褲子有粉紅色大格子。頭髮是高高聳起的捲馬尾，露出一張圓圓的臉。如蘭喜歡我綁馬尾，她說：「很像糖果盒上面的娃娃。」今天的穿著，拘謹安全，適合打招呼。每一次說哈囉，我都在心裡簽了一張字條，「請你，請你喜歡我，好嗎？」

今天國王K打電話給我，在句點之後的三個月之後。通話時間，約莫五分鐘左右，但是我為此夢眠數日，輾轉反側，它本身象徵慈悲，解藥，然而我也懼怕。怕什麼？怕再見到那些人，或者再見當時的自己。我不知道這是一個清涼的地方，還是一片熱海，我的腦子，會用怎樣的方式去重組一年來我所失落的童貞與夢想。

我是害怕面對失敗？如果他們問了些問題，是我無法自處的，如果我遇見了他和她，該怎樣再度展開一個事過境遷的坦然。啊，那必定是很多的，我希望大家只有注意到這件粉紅色的洋裝，以及浪漫的長髮，我希望年輕的美貌可以將一切我害怕的都遮掩。

電話號碼顯示，「老闆。」那幾乎是一個短暫的奇蹟，我已經鮮少開機了，而那天下午，我游了長長的泳，天氣晴朗。我在湖邊，看著人們沿湖而走，當時想著生命復健這檔子事，想著為了正常健康生命而散步的大人、老人、婦女和孩子。想著游不完的阿烈斯。更想著這幾年來這個場景如何一次又一次出現，我在裡面有什麼不同。

「喂，」我早就知道是國王。

「艾莉子，」好熟悉的聲音，好像他仍然有些重要的事情要交代給我。

這裡有兩三秒的空白疾行，短語、深情，有試探。我們好久沒有聽到彼此的聲音了啊。人的禮儀和節制真是固若城池。他關心著我的心情嗎？他聽聞或猜疑過我正在面對難熬的時光嗎。有遺憾，有沒有憐惜呢。

「老闆！」儘可能開心地喊出他的名字吧，國王。

曾經，我站在國王的肩膀上，翻閱城土的綺麗，譜出興高采烈的昂揚，像快跑般的節奏。跟他在一起的感覺，就是飛翔。淋漓盡致，沒有限度地，任自己把汗滴下，化作恭維他的壯麗。我知道有一個人正在見證我翻山越嶺，這是成長中獨到的時刻。

國王，你知道在鬥魚的河域裡，有一株天然的水草，有一膽怯，又妄為的心意。

＊　＊　＊

阿烈斯，他負載著我的夢境。他是一個我永遠抱不到的人，我將所有的秘密投遞給他，上百封的書信，密密麻麻。那些想要說的話，那些沒有音節的思想與愛慾，透過一條看不見的網路線，糾纏著彼此的人生。

他的訊息，啊，關於他的話語和回應，有鹿眼的哀愁、妹妹科技風的外套、綻放的雪、愛了這麼久的假連翹、趾尖的懸崖、永不落下的鬼體字、海上的家，他落下的髮辮如湧出的眼淚。他全盛時期的愛每天都有清醒的傷……

我以為我的紙飛機、瓶中信，是要鬆動他愁困的城池，殊不知人的貪心與想像的法力，像一陣狂暴的龍捲風，不容得人們決定歸宿。在我心中，阿烈斯的才情比天還大，我仰慕他所創造出來的每一個字，以及標點時思考的呼息。

他轉動了悲傷之鎖，也許我早就想這麼做了，滑進去顯得自然無礙。我白天工作，晚上寫信，把時間和真假混亂了。我夜半寫信，他醒來收信，這是我們愉快的烹飪。他會想一些遊戲給我，在他的世界裡，妓女和老師是沒有差別的；旋轉、讀一首詩、唱著走音的歌，都很美好。他說故事給我聽，像一片藍藍的大海，喝醉的大海，而且漂浮到哪裡都有詞和花香。他是我夢寐以求的一切，是我到達不了的自己，是脫光也不害羞的畫室。我們喘息又哭泣，笑了又貪婪，不放過你，你一定可以承受我所有的吶喊，所有的醜陋和表演，只有你無論如何都想要。我必定要在你冷漠的眼神之中奪取溫柔的伏筆，當然，這是愛的戰爭。我們都輸得很漂亮。

阿烈斯可以是任何人。他可以是女人。

「阿烈斯，窗簾壞掉了，壞得像藝術，太陽傾斜了。」

「貓咬人，他的名字是大J小的i，紀念品，我會服侍他。」

「我寫不出來，我的想像力只配寫一封信。連部首都無法決定。」

「我感覺那個很兇的同事是同志，我覺得自己很不健康。」

「你為何不回信。」

「大笨蛋，我就要被耍了，你知不知道。」

「我寫了一首詩，你覺得那是一首詩嗎。」

「他打我、他兇、我想我倒不出來了。」

房間很空，你又過了第七天信箱沒信。有一天我看見鏡子裡的自己，為何她今天不漂亮。

我愛你。

以前總是忙著找那一片拼圖，到底在哪裡，現在有人把拼好的部份弄了一把。

阿烈斯，我沒有語言，凌亂在地上，眾人大聲說話，她們如此機伶敲響是非。我的地圖呢，誰踩著那些，還給我好嗎。他們必定會歸來，再度成為我所熟悉的模樣，誰知道，誰知道新的圖案和舊的有什麼不同。其實，阿烈斯，看起來沒有兩樣的。

我確信有你的愛，有一天，繁花又會似錦，我們會微笑著，學會離別。

「謝謝你讓我喜歡你。」我將為你寫一幕奔跑在夏日，掉進冬水裡的戲。

＊　＊　＊

五點五樓樓梯間。不論工作幾年、在哪個地方，我一直可以找到這樣的空間感。和我一起聚合的同事，在這裡多半會換上不同的臉孔，有疲倦的、狂妄的、Relax的、心事重重的、武裝的、繁瑣的；無論如何，這裡總點著一盞小燈，斑駁的白牆，或有空心磚砌成的休憩之所。人們來來去去，這裡是一個隨機的節點，雖不至於獨處自在，卻有一些更自在寧靜的清爽對話，有時候也有詭譎的滔滔雄辯。

我在這個空間認識白棋。

白棋，一個小隻女人，我幫她取了一個綽號「小巨人」。公司慶生會的時候，她上台，我們每個人都被發一支夜光棒，我拿著夜光棒熱烈喊著：「小巨人、小巨人。」

白棋，我看到她便想要嘆息。

白棋是一位母親，像如蘭一樣，是愛孩子的媽媽，是我深深渴望的角色。媽媽在我大學的最後一年與我告別，她沒有把我接到這社會裡頭。我總是偷偷摸摸想從她們身上偷渡一些溫暖，在他們孩子未下課之前，她們有一段時光好像可以屬於我。白棋和如蘭在外貌上是截然不同的，性格也大不相同，唯一的共同點是，我內心隱藏的願望。

她們優雅而成功，在她們的孩子下課後，付出擁抱和關心。熱情的愛。舉世無雙的母子親情。我想要知道那樣擁抱的滋味，梳著我的髮，探問我喜愛畫畫還是鋼琴，在我睡著之後親吻我嗎？媽媽如何對友人說著我？我能記起的事情，極為稀疏。是因為原本就是這麼少，還是那記憶閘門快得迅雷不及掩耳。二十二年的總和，怎零星至此。

白棋身高一米五五，烏黑亮麗的長直髮，白色的肌膚，有一雙丹鳳眼。和她對話有葛利果聖樂的感覺，一層一層往上盤旋堆疊，創意的激盪給人快感。她擅長言詞，長袖善舞。對話之間，幾度跌宕在魔鬼音階中，我看不清楚，那些強制隱晦又關鍵的聲響，是如何沉入我的記憶眉梢；即使表面上是說一是一的，而我充滿懷疑。她總是把我老老實實的話說了出去。她有協調者的天賦，我一片赤誠；我們並非在蒙古包內，仰望秘密的朗朗的星空。

與白棋在一起的時候，比較像朋友；和如蘭，她確實是一堵厚實穩固的高牆。

如蘭太智慧，我們相遇的時機點已經決定，我被宰制。如蘭的語言裡，我的凹凸的心事都化為簡單的概念。太簡單了。

如蘭，是金色的稻穗是曬過太陽的棉被；當我又成濕淋淋的一片，就會主動離開她。

白棋經常站在第二格樓梯上和我對話，我坐在空心磚架木板的位置上聽。白棋有著說不完的話，如果在古希臘時代，她一定是蘇格拉底，擁有自己的肥皂箱；文藝復興時代，她是沙龍的女主持人。她小小的軀體迸發大能量。經常我感覺我們是在山谷中對談，她站在一個高點，我在谷底，一陣接著一陣浪潮沿坡向我推來。有時讓我亢奮、激進；時而疲倦。

我對孩子有種魔力。她們愛我，我愛她們的媽媽。我最愛的小女孩拉拉曾經問如蘭：「樂樂到底是一個大人還是小孩。」拉拉，有一天妳拖著行李學習獨立的時候，會不會嫌棄我會的太少。魔法是有漏洞的。

我失戀的時候，拉拉說：「不是分手，只是還沒遇到。」拉拉是閃耀的，她會不會也是我國居民呢？但我衷心希望她比我高明些，而又不是阿烈斯的人生。

拉拉，幾個大人在我身上找到影子，所以她們愛我。但是，我所給予妳的更為皎潔，是渴望。如蘭拒絕了我的約會，有的時候我幾乎忘記她是妳的母親。她牽著妳的手，走；我在東區的街頭徘徊，我羞憤，我是如此妒忌妳。

我記得，我母親曾經從廚房跑出來，她笑得多麼開心，她說：「妳在看什麼笑得這麼開心？」媽媽，我的笑聲聽起來是不是可以用悅耳的天籟來形容。母親肌肉的牽動是這樣，裂到我的心裡。

白棋，妳不明白自己說了一個謊……

＊ ＊ ＊

我有很多無法消化的感情，所以很容易奔向音樂、書本、繪畫。住進去，彷彿人生的缺憾可以補足。那缺口呻吟，我時時忘記又遭受勾引。猛烈如同與自己激吻。

我們學過很多關於情感的詞彙，後來，我終於知道真有這些事。詞彙一點也不誇張，甚至更深刻。比如國王K和音樂家J的對話。從我一出生，就註定為此拉扯，神已備妥這盛宴。

故事發生在一個凹槽之內，凹槽一年四季湧出聖泉，每個人都赤腳行走，處處都是泥土的香，葉片在土地搔癢，生活是緩慢的抒情。居民帶傷，但是他們微笑，懂得感激。整座城鎮冒著淡淡的薄霧，人們對於談夢這檔子事，毫不羞怯。碰到喜歡的人相互一眨眼，就生出由天撫育的小精靈。

國王從五點五樓樓梯走下來，像一隻蓄勢待發的老鷹，然而姿態如此平常。他向我描述，城國之外，有一片樂土，隱沒於市，歌舞昇平。山像蟠龍、溪像水袖，空氣味道如檀香，街道時有人群聚鬪茶。每到傍晚，溪流旁總有野風佈置好的茶場。文人雅士在聖泉中熱到失去名字，女人在閣樓內裸體吟唱，小孩子永遠勇敢。生活在這裡的成人，肌膚像寶石，髮如絲綢，心像鋪棉的大床一樣舒適。

國王將在那裡佈一個結界，邀請國內有權力的人前往欣賞如真似幻的魔法。他需要一個透明的女孩，國王說將要教導我呼風喚雨的法術。一旦學會，就可以離開圖書管理員的位置，生活在地板鋪有毛茸茸地毯的地方。

一想到可以在那樣柔軟的地行走，我的腳就想要旋轉，啊，我不能抵抗旋轉。就像我想要離開堅硬陰暗的圖書館一般自然。

這次我不會破，會唱出夜鶯一樣的聲線。我要勢如破竹，翻轉過去的譜調。我相信改變幾個音符，整個旋律都會抖動，成為全新的樂章。這是個完美的機會，可以更新，一個全然奧妙的夢，非夢。總是如此，這次會不一樣……

演出者均自過去而來，隱埋時間的魔法，透明的女孩是亂射的咒，剛好足以映照斜陽。

國王說：「怎麼樣，最近手上有幾個案子？」來吧，女孩，準備好了嗎，It's your magic show time.

我拉起裙襬，屈膝獻上我的臣服和歡愉。「是的，請讓我再度飛翔。」

＊　＊　＊

戲子或藝妓，他們忠貞，對許多人忠貞。暗戀上一個人，比喝水還自然，他們情不自禁，盈滿各種秘密愛水。就像藝術家和創作的關係，走唱，愛，走唱，被愛。只要容得一點點，就在遠方無限擴張。對於這種人，飢渴埋在害羞裡，每一段關係都在想像之中擦槍走火。愛是胡琴，抽得又緊又恍惚；握在手裡是風般緊密的記憶和思念，所以走索、腹語，一絲銀線延展得極長，刷得晶亮。

J是，阿烈斯是，我們含著可有可無的抽象，地底下過活。伯爵L是，然而L已經是黑色的固體了。國王狠狠地切斷了這一束，我看過他撫觸石膏模型時的神情，是純真。國王從不往軟弱靠攏，舉重若輕，恰如一個事業有成的男人。我勾勒遇見年少的他，在他決意分裂的那一個瞬間，他終於飛得又高又遠。像一紙驟然而止的風箏，他的內外是否同等阿烈斯，走之重重、迷之重重，佈滿所謂不可言說的毛邊。想要解謎，大抵是邂逅更多謎的，也許這就是阿烈斯所說的：「有一些問題一旦問出口就會顯得荒謬可笑。」

我的哥哥，我想到他便咬牙切齒。哥哥的悲切與戲謔，他的深情與壓抑，與阿烈斯疊合了。才思上，音樂家J和哥哥疊合了。我和哥哥，生活在同一個城市，共有母親，共有創作的欲望，卻有著無法靠近彼此內心深淵的兄妹關係。我為他，為自己，也為所有壯志未酬，消失在社會結構裡的藝術魂變得強壯；這樣的恨意支撐著我的行動，成為我在位置上散發不能抹滅的困惑和指責。悠乎，而又不能忽視、無法自拔。

對於丟進去又拋出來的巨大黏膜，它無知到吞噬一切。我輩柔情，淺淺似水，卻遭搓揉硬如鋼鐵。戀慕卻又被排阻，單純又霸道的商業主流與我纖細的靈魂，形成對發列車一般的景象。「請你，請你喜歡我好嗎？」背後，有什麼作祟，隱隱推動那股怨。

那位置空蕩蕩的，伯爵L說：「等你，等你回來。」位置空得正是時候，早一點、晚一點，我必高興，回朝何難，還雀躍著。現在則忖度、遲疑，我要去哪裡？我有多少時間和才華可以驗證與揮霍，一顆敏感的心，鎖著多少淚的源頭。我好寂寞，寂寞又徘徊，想媽媽、又餓又累——有些一旦問出口便荒謬、可笑的問題。阿烈斯不說如果，他只會沉沉地嚥一口氣。

我、哥哥、阿烈斯，於是與國王為敵。戰場，便是闖入我生命旅程的音樂家J。

高中的時候，我開始熱衷黑盒子中的時光。劇場對我而言，是一張熱淚盈眶的鏡面，從熱鬧開懷的歌舞劇到前衛互動的小劇場；從清湯掛麵、爆炸頭、挑染到大波浪，或回歸自然質地的黑直髮；從熱戀的兩張票到又是孤單看戲，這黑盒子目睹了我的百樣神采。手裡那張票總是洋溢著希望，只要有這張票，誰也不能要我離席。

兩張唱片：兩個高中女生手牽手，兩個男人野心勃勃。一個男人不再醒來，一個未被證明的男人留下；一個女孩去了法國，而我不斷做夢又不斷跌倒。時間走，又不曾走，流沙般的記憶像陷阱，旋律記憶著我們的事。若不相遇，男人、女孩的耳朵，便不會有川流不息的雜訊，自過去飛奔而來。而唱片還小孩子般貞潔地唱著，那永恆被凝固的樂音……

每一種感情初始，形狀總像愛，沒有開始也沒法結束的那種，被放在廣場上，非常自由，飛走的不過是小紙屑風中紛亂的心。日後才得以辨識，情感複雜的程度，甚至最為可能，成為秘密。無法揭開的濃稠，不願意放在現實裡考驗的情愫，在某些時候，顯得更為浪漫。撞擊著已在邊緣的壓抑。這些感情，和看起來的完全是兩樣。一點也不灑脫、正因為他表面這麼風輕雲淡。

我在高中的時候，耳裡塞滿他的初試啼聲。而今，國王讓我成為音樂家J的雇主。我的夢，怨，青春，憧憬，救贖，亂七八糟搞在一起。危險的心理遊戲，已經超過我能意識到的。

＊　＊　＊

阿烈斯，為何我要對你揭開我的傷口。因為我渴望痛、需要夢。我憎惡不問命運捉弄的快樂主義者，因為我就是一個快樂主義者，孤芳自賞又通俗的狗。我羨慕你，模仿你。

我的快樂，是對自己的殘忍，我的心，背著世界撒野；我不後悔你帶來的淚水，因他本屬於我。

＊　＊　＊

女人間的友情觸及男人，徒留虛偽。

我所嚮往的藝術裡面有什麼，一樣的人性鬼怪，捲著情仇。彼此瞧不起、彼此強取豪奪，比賽、驗明正身，我是誰你是誰，要這樣相互依偎得活。

書本掉到地上，她說了：「夏宇」，我害羞又生氣。

會議前，她說了一句：「香水，好看。」我「嗯」了一聲，訥訥收起來。

「要是我們會寫詩，還需要坐在這裡嗎？」

一些簡短但又刺銳的話語，總讓我不知所措。我在幻想裡成為能夠為自己爭辯的人，坐角落的時候我會想著，阿烈斯比妳們更強，我做不到的阿烈斯會在令一端發生。阿烈斯，我和她們格格不入，你可以明白這種感覺；商場上的女人或是創作裡的女人，在我心弦相互扞格，雙方讓我又愛又恨，我身在何處，追尋一個統合而平靜的形象。此等酸痛，阿烈斯你有沒有答案，告訴我，你如何選擇，或是任由困鬥。

我們在小酒館，沒有問題，不再好奇。

＊　＊　＊

父親，他的書櫃上有一本《亂世佳人》、《三國演義》……；他寫著一手好字。

我對父親存有的兒時記憶，像口袋裡頭沉默的銅板，因為口袋破了洞，銅幣都溜到衣服莫名的內裡去。父親口袋裡，經常傳來清脆的匡啷聲響，他經常委託我傳話。匡啷、匡噹，爸爸有金幣。

家裡有一架鋼琴，小時候感覺黑色的琴非常巨大。調琴師對父親印象深刻，他來到家裡調琴的頻率極為頻繁，調完鋼琴之後，父親會穿上他象徵成功的西裝，搭配派頭的茶色眼鏡或風流的墨鏡，請琴師為他在家中各個角落拍照留念。孩子們倒吊在屋頂上偷偷張望，眼珠子像節拍器一樣擺動。牆壁上，好多好多爸爸的照片……

哥哥在門板外面，那又是另一個世界，我從未曾真正目睹。或者我忘了。聲音從底下門縫遞進來，姊姊的手，她的手遮掩我的耳朵。我聽見，哥哥吼叫，他真的好吵。

幾次，國王測試我是否有膽子在高手前表演魔術。我氣勢如虹、巧言令色，令人無話可說，當國王用匪夷所思的目光閱見我，我心裡便泛著得意，更是露出沉靜酡紅的表面，標準的賣乖孩子。有一天，我們收服郡主的心，得到一大筆財富，回程私人車上，我告訴他其實每次出去表演都緊張，恨不得有一件威風的斗蓬和深具魔力的巫婆帽子。

國王穿著西服，戴著那樣款式的眼鏡，掌握著方向盤，令我非常安心。他繩索一鬆，我可以褪去恐懼，毫不遲疑在舞臺上賣藝，吸引郡主們的厚愛。一扇開展，大千世界，匡啷、匡噹，金色的雨，如此迷人又深具張力。

我在遍是照片的房間中央，練習如何將一個故事說好。四方密合，我知道句子和句子之間的輕輕重重，最稀薄的聲音經常聽得最清晰。

國王教我一件事，他說：「頂尖的賣藝人即使衣著襤褸，只消撥弄幾弦，識貨便知有沒有。」一如蘭說，實力就是最好的外衣。

車子內只有我和國王，但望向他，卻看見掛在牆壁上的照片。

他的那種款式的眼鏡，他所代表的金色的雨。

＊　＊　＊

在牆上鋸出幾個不同圖形的洞，最好是蛋的擴張；對準邊陲貼上手繪的描圖紙，描圖紙大於洞；最後，任由天光和隔壁人家作息的燈，把自己投影為萬花筒裡的一個形狀。

將斜黑瓦、百里香、吉野櫻、青色女巫之溪，每一瞬間搭乘特快車而來的光，拼貼在挖開的外牆上。再放一個小盒子在大盒子裡頭，量體堆積如多寶閣；人走進去小房間卻像行走在傾斜的黑色膠片，大小、內外之間界線是模糊的，彼此借位、讓路，真假相指。國內外六位擅長勾魂術的言魂術士主持，他們緊閉雙唇、逆行時間，讓觀賞者，迷失在自我變動的隧道。迷宮一樣的謎，讓人暈眩，特別好玩。

我們把燈打開，簡報結束。

不斷拉長的會議長桌的盡頭，有一位表情嚴肅的國王說：「很好！」

伯爵L面無表情，如他永恆悼念的黑色衣著。

我將音樂家J的袖釦、陶笛、心臟和指揮棒放在桌上，桌子下面就是一條劇場的貓道，沒在裡面爬過的人，只能當看戲的傻子。我和國王站在一起，他給我他的姓氏，卻成不了我的祖國。

簡報之後，音樂家J在人聲鼎沸的餐廳發出了W、A、R、M這樣的小聲音，每一道菜嚐起來滋味都有別以往，每一個哈哈笑，都變成「warm、warm、warm」，直到回家睡覺，我都還躺在這幾個字上面翻滾。

轉過身，在牆壁上寫著小寫字母的guarantee，再轉過身，在抱枕上寫著guarantee。好幾天我都在這種溫暖愉悅的感覺下漂浮到黑盒子裡面，享受這些甜蜜單字在齒間蔓延的幸福滋味。即使隔著一段距離，也覺得自己宛若一顆初試啼聲的超新星，奮不顧身就要對著宇宙發射——WARM！WARM！WARM！

第一次握權，我便成為音樂家J的海床，開出一張一張支票。國王一靠近J，我便搬出一個又一個沙包，機巧地劃線，圍出一潭深邃且氮醉的海洋。伯爵L，一直待在他不開燈的暗房裡翻找，用消毒藥水把白色的桌子擦拭得更為慘白。

「命運，妳這發瘋的女王，妳等著見證這場破天荒的演出。我們作用了她，我們作用了她。」

＊　＊　＊

音樂家J對言魂六術士說：「輕觸死亡，跑到最遠。」凹槽死了女作家——自殺者s，她在昨夜將雙眼睜開，天空有裂眼，非得由她去補。自殺者s掉到地上連一滴血也不流。

言魂六術士遠近馳名，無一不是魔法家族一時之選，他們很快察覺其中的矛盾：凹槽的演出是祭亡魂，還是宴賓客？他們說：「宮廷與自由。嘲弄與金幣。女孩打出一張鬼臉牌。國王將付出人間輕微的代價，並親手摘去皇后的光榮。」

面對縫的老友，音樂家J似也心煩意亂，卻平靜說出：「女作家等不及了，她在青湖裡越來越薄弱；我們必須勾出作家的憤怒而非聽從她的哀愁，她將再生新的感受。」言魂六術士明白，賜予女孩旋轉與毛毯，自殺者s才將安息。

時間有限、空間忽大忽小，他們開始幻化黑盒子內的風景：彼此借位、讓路，真假相指。

在我生命裡面有一張油亮的草皮，我一輩子都會記得草皮的顏色。如果你見過一張像岩井俊二電影裡面那樣高反差的草皮，我相信你一輩子也都無法忘懷。

那是一張長了腳的草皮，跑過我的生命，從此綠色都洗了白、沾了光。

一台砂石車偶然經過媽媽的身體，我以朗讀的方式誦經給一群生前來不及打照面的死朋友聽。媽媽的肚子脹得比十顆氣球還大，這大概是她這輩子最臃腫的一個月。她的腿腹、腳踝零碎，但不支離，我們姐妹溫柔地幫她穿襪子。

姊姊說，她回憶起的媽媽是漂亮的；死亡的深刻大於母親的記憶，我真噁心。

姊姊很小聲地在我耳邊告訴我，媽媽走了。我聽力不好，這最後的一碼子戲這麼輕微，好像提醒我經血沾到褲子般，沒有大爆炸發生，然後一切就結束。我們開始把阿彌陀佛唱成一首歌。迎接這歡喜平靜的早上十點十三分。

我們在靈堂裡和媽媽合照洗出各種黃色的照片。我討厭黃色，黃色代表財富和積極，可以治療有自閉症的小孩，還能促進食慾。唸經的時候真的有一種快樂：從小到大數不清的演講第一名，都在這時讀給媽媽聽。最輕微的聲音往往聽起來最清晰。我人生最盛大的說故事比賽。喜樂無比。

每天我都先上香、丟銅板，告訴她我要去上學。然後一路上總是不停哭泣。哭到累了，就停在路邊、趴在方向盤上，到了學校努力思考、認真發言。回家也是跟上學一樣；但是，車位更難找。

隔年夏天，那一張草皮就長出來了。畢業前幾天，晴空萬里，校園裡每個人都在歡樂，密友提醒我早上要集合拍全班的大合照。「我、就、是、不、想、去」拒絕之後還自己躲在樹蔭下看著熟悉的臉孔站在草皮上，「YA！」。幾乎承受不了，只好匆匆跑走了。

我不經意地回頭瞧了一眼，綠得像錯覺，超乎經驗的美。

＊　＊　＊

我和哥哥一起去看海，坐在沙灘上，什麼事也沒做。我們肩並肩坐著，他還找了一份破報紙給我墊著，只一起靜靜地看著海，心中想說的話很多，一句也無法出口形成的緘默，隨安寧的海波動著。

＊　＊　＊

當我看見冷凝的艾莉子時，很快就發現，她還沒被做完，像我最後一件雕像，像我一再翻模的手，尚未定型就遭毀棄。我把她小心翼翼放上台座，欣賞她頹廢又虛妄的生命力。

* * *

我被一條繩索綁住了，任何地方都鬼哭神號，像艾莉子這樣的人，根本無法飛，她為什麼不明白，光是一小塊煤炭，塗抹不出光的。她哭，哭得太晚，誰能救她，她在找什麼，我找了二十年，只有一片空白。她何不穿上黑色的衣服，歸入我的隊伍，讓世人為我們的悲哀治喪。我一靠近她，必須到退百里之外，才能平復內心的驚滔駭浪。

我厭惡她親近白棋，她是國王放下的魔戒，試探權力的槓桿；我更仇恨她骨子裡的味道，她內心的語言就像無法停止折射與衍生的三稜鏡，她虛實不分的角色扮演，錯亂我的眼睛和歲月。

她越張狂，我脖子上的繩索越是緊勒。她的存在讓我痛苦，得來不易的權力，青春落不下的果實，她的不服映照我的空虛，她為何向國王靠攏。她真笨，國王手裡都是一些不值錢的夢；當真以為國王待她視如己出。

遇見小時候的自己，想撫摸或推開；她牽著我，靜靜衰敗，乾淨俐落。

我要將她驅逐出境。

都是因為繩索，教我如傀儡，只能反覆行走。繩索是父親親手掛上的。千萬的債務，可以搓揉成一條多長的線。鞭打我行走多遠的路。我本善良、多情、如火，命運沒有給我足夠的時間，便把我從巴黎的畫室捕捉到案，硬生生把我從裡面徹底抽離。

艾莉子是一隻驕傲的孔雀，我知道剝光她的衣服，她就是一盆火，她冷漠的眼神除了野蠻還是野蠻。如果不是國王的嬌寵，我會馴服她；如果不是國王，她也可能什麼都不是。她處處流露一種病態，我非常清楚那是什麼，她無法和自己和解，被困在時間裏面，在身體上打洞；她和白棋的調笑極為刺耳，她以為背棄族人能夠掩飾什麼。身上那些偉大又失敗的戰傷，激烈又敏感的情懷，有何資格發出順遂的笑聲，突兀！荒唐！

「艾莉子，妳到底在找什麼？那裡什麼都沒有。」

「我不知道妳是不是缺少一面鏡子，但是我看見妳就照見自己！」夕陽下泛出紅光。

＊　＊　＊

我這一生平順，唯一能教我難過的事情只有「輸」。國王麾下，只有我能舞出白魔法，我用太極劃破潭水，比男人更加強壯。我不以為艾莉子有何威脅性，充其量她只是我和國王的默契；我更在乎的是，她所借代的傳奇——如蘭。

如蘭是一道神秘的高牆，我透過艾莉子，與她較勁。掌控艾莉子、保護艾莉子，等於和如蘭擁有一樣的物件。我們使用相同等級的精品，一個令人感到好奇、又不具火力的洋娃娃。她很幼小，我對她展現的寬容，猶如慈悲的光圈，特別顯現伯爵豢養黑蝙蝠的狹隘。

艾莉子信賴的眼神，眾人看見，她尾隨我出入、同進同出，就像跟著如蘭一樣。有時我由衷喜歡她，但更多時候，如蘭像如影隨形的巨人，非常安靜，隱沒在她的身後。她讓我知道她可憐的身世，天真地對我說心事，我們講很多小時候的故事，她的嘴巴像通往地底的洞穴。其實在這誰也保留一手、不見真情的國度，能遇見一個「存放回憶」的女孩，感覺很快樂。

但我們來自不同空間的五點五樓，只是時間讓我們重疊在這裡；我們曾經為了一個位置而輪迴。她看不見這一點，盲目的央求更皎潔的情感。我們都是來幻化魔法的，白魔法也是魔法，並非真實不虛。她的執著，令人跺腳；她的良善，也著實鬆軟我這一顆作為母親的心。

直到國王點名她主持凹槽演出，使一些感情從根本的地方質變。她只是一個新手，每天沉默唸書，就算通過幾場試煉，不過是初生賭徒的曇花。國王不公正，讓我妒忌。凹槽的土壤和濕度，適合白魔法，應該是我與國王站在山頭，展演術法。

她看起來不再像一只賞心悅目的名牌包，青春的無知膨脹為奪權的恐懼；我背著書包，輪到我就必須交出考卷，使得我必須壯碩，「在這男人的世界，我是多麼威武雄壯。」五點五樓的教室，成為髮鞭，艾莉子得學會臣服與謙遜。凹槽是贏者的桂冠。是繁盛的青春之海，一起跳舞的嬌豔。

＊　＊　＊

下雨了，我在路邊撿到一隻流浪狗，我在人世間，接受任何一種雨聲落下的暗示。

我們在台上的第一場合奏，艾莉子在台下，她那時候還是個背著書包的文藝少女；我們在陰陽兩端的第一次合奏，艾莉子滴滴答答地走進我的生命。我覺得寫完的套譜，有幾個部份將變奏，會是什麼，開始到結束都不知道。

她年紀輕輕，卻像個鼓夢手，無時不刻推銷著夢的轉動，每一個人都像貓一樣只能把頭鑽進袋子裡，什麼也張望不清了。我喜歡她那種張狂的姿態，包括她自述自己有古怪的主角意識，永遠都在為下一分鐘撰寫更磅礴動人的台詞。

我在她的神色裡會陷入，過去一起創作的密室，爆發三五個破碎的音符，哼下去就成為戀曲。我們很窮，曾經什麼也不是；但夢想在天空、舞台在腳下，創作就是我們的命根子。

她低著頭走路，相信意識的發生就是真實，主張最幸福的樂章絕對來自谷底的浸泡。焦慮和亢奮熬煮她出名的靈魂，她一歡呼，所有人得立即跳上最後一班夜車，從此，我在錯綜複雜的人間因果裡找尋和她的關連。四季：是天地開展的柔情，果實掉到土壤的迴實音。

＊　＊　＊

由如蘭展開的地方，就是一張地圖。她碰過的地方，都會轉彎、對齊。

每天早上，我換好小禮服，第一件事就是直接走進她的小宮殿，一蹬，坐在大珠寶盒的檯面上，晃著腿，聞著咖啡的香。下午的時候，我又會開始想念她，忍不住找尋她。她有一本胖胖書，就在她的腳邊，把胖胖書推倒，它就會變成一張魔毯；我搭乘如蘭的胖胖書，像一隻小蜻蜓一樣停在她的臉頰。

如果她在聽古典樂，意思就是她在忙，我就會開始默默吃蘋果。「卡茲卡茲」既清脆又甜美，沒一會兒，她就會分心。我猜想如蘭的「幹麻？」有莫可奈何的意思，像是：「真拿妳沒辦法。」

在公開場合，她應對進退優雅、幽默、俏皮，甚至對人性各種小奸小惡充滿寬容，而我不是露出一副放學沒的表情，便是又躲到她背後，孩子氣地說：「壞人」。

在敦煌古物show room，她淺酌紅酒，我覺得可樂真是好喝，偶爾談談楊惠姍和各朝石獅的趣味；在私人博物館，我流連於鎏金佛像和文人袖內的香爐，可卻對於蒐藏家突如其來的養生動作——拉背，不知如何是好。

在西式餐桌上，我慢慢懂得挺直腰桿，把手按在白色筆挺的桌巾之下；對著侍者露出迷人的笑，大方接受男士們的恭維，交談卻必須可有可無。出糗的時候，我模仿她的聲音、語氣、表情、頭抬起的幅度說：「我從不在意小地方。」好像我們就是訓練成功的殺手NIKITA。

和如蘭去洗溫泉，她用木盆盛水，淋濕了頭髮，我用木盆盛水，淋濕了頭髮，她把毛巾捲在頭上，我也歪七扭八捲了一個差不多的模樣，她坐在哪個位置，我就坐在她身旁。我告訴她：「我好熱，但是很開心。」後來我經常把自己擠進去那桶熱水，直到我遇見國王的時候，已經懂得享受。

我扭著皺巴巴的腳指頭、投以十足堅定的眼神對如蘭說：「我就是要用迂迴的關係子句愛妳。」我們本來是無憂無慮地用著四格漫畫對話溝通的人；她是我生命中第一個擔心我露出尾巴的人。

她說：「妳很像我。」又說：「妳真的很像我。」我也希望那是真的，但是我偷不了如蘭的人生。每每我們站在一起，我總希望美夢會成真，不要再當一個被敷衍、忽視的影子了。

遇到分岔或歧義，地圖和腳下的道路對不起來的時刻，我感覺自己是一個被迫離家、失去南方之星的孩子。第二次想家。如果你也曾經遇到如蘭，收過那一張地圖，也會一眼認出阿烈斯吧。

＊　＊　＊

國王的武士在密室的圓桌點燃雪茄，他向我描述，自殺者S尚未閉上的眼睛，沒有血跡詭異的墜樓現場。武士甚至聽大樓管理員說，自殺者S是一個獨居的女作家，她的生活沒有家人，也沒有特別熱絡的友人，彷彿只有孤零零地移動；

除此之外，再沒有情節和線索。

武士說：「我最看不起『自殺』的人。」武士非常自信，精光的眼鏡下有一雙犀利的眼神，換上西服之後，他在國王麾下成為一流的搓牌手。武士告訴我，在他流離失所、遭受親信背叛之際，他如何敗部復活。

我有一種抽離現下的幻象式暈眩症，武士的眼神慢慢渙散。瞳孔、血絲、膨脹的瞪視，女作家監督圓桌上的一言一行，她派遣來「嗡、嗡」的信息。來不及了，我便這麼昏倒在密室的圓桌上：夢見家族的圓桌，第三次見面的姑姑們、姊姊和我，手牽著手，坐成一個圓弧。同時我們規律地摺疊，摺疊出一個圓周的遊歷。

再度醒來的時候在五點五樓走廊遇見白棋、伯爵，他們沒有看見我老樣子坐在空心磚的木板上。白棋問：「純藝術和應用美術有什麼不一樣？」伯爵表示，哲學歸於純藝術。我左肩被推一把，斜斜墜入一條忽略的明隧道，雙眼被黑色、絲絨的布條掩住雙眼，孟克的畫，一幅幅漂流的影像浮掠，又像一道又一道豎立的無色紙片，通往無限的遠處：紅衣女孩捂住耳朵，白床上的母親彷彿鋪上一層又一層白粉的雕像，隨時都準備剝落。

穿越透明的門；透明的門，也不著痕跡地穿梭過我有重量的軀幹，一道又一道，撥不開、散不去的噩夢，只能在暗夜抱著兔子抽噎。什麼都在變動。又看似一樣。永劫回歸。看似一樣，又不盡相同。「阿烈斯！阿烈斯？」（救我，救我。）

阿烈斯在另一端看見我違背浮力沉入深海的面容，阿烈斯做不出來氣急敗壞的神情，他只有更為冷靜地切割。如蘭的話語，漸漸變成泡沫，她說：「每次妳都感覺做了一場夢，這表示妳一點進步都沒有。」我默默地垂頭，什麼反駁的腔調都躲進伯爵L黑色的衣領之內，對於如此接近真實的說法，無能為力反駁，然而心中仍然非常倔強。

我寫信告訴阿烈斯：「我是一個舉夢的人。」我沒有說的是，我也是一個膽小的人，背著濕淋淋的包袱，尋找庇護所，失敗就轉彎，「我是一個舉夢的人」。

曾經以為，自己會成為莒哈斯那樣無視歲月刻鑿的輪廓；但在真正吃食過青春的好處之後，字典上又新增一筆畏懼。對於「妳還年輕」這樣的安慰，我都收下了，全充滿感激地收下了。不再有抗辯的頑強。「生活在這裡的成人，肌膚像寶石，髮如絲綢，心像鋪棉的大床一樣舒適。」

小孩子永遠勇敢。

＊ ＊ ＊

凹槽的高低落差大，舉起來的夢就在坡度中央。夢由玻璃構成大型水箱，斜撐的弧度宛若拋過翠野的鋼琴曲線；四時景象朝來夕散，如露水亦如閃電，水燕有來過、又沒來過，倒影在人們眼裡殘留彩虹的顆粒；十二道修長的希臘列柱，如音量和音域最寬廣的管風琴升起，弦上隱喻帝王的浮雕，真不知道誰能彈奏它。

晨夢、午歇、晚寐、沉夜、更深的夜，這四射心象的空中之城，逐日孵化成型。

國王、武士、音樂家、言魂六術士、阿烈斯、如蘭、女作家、白棋、伯爵、我，均對著凹槽吐息，東京音頭手舞足蹈的景象，卻輕巧無聲，顯得滑稽、綺麗。雖各懷鬼胎，無不望見黑盒子裡面映射出來的溫暖黃光。黑盒子離我們所在的地平面似近忽遠，名為希望、權力、金錢、名望、美，每個人都想從裡面與某樣稀世珍寶輝映。光線的途徑拖曳每個人結下的手印，相互旋轉，彼此轉角、勾搭。

特別在夜裡，蟬聲、水語流過的心房，迎向晚風插秧，感覺結出一個溫馨的家，它溢出飯菜的香。

凹槽居民、國王人民、魔法界的法師們，竊竊私語；竊竊私語，在水管裡運行，連小廝都略知一二，把粉物撒入水孔，空氣中瀰漫著一股怪味道，謠言一口咬著一口綻放。凹槽居民有的埋怨國王砍倒了一棵百年百里香，有的坐在草皮上重複素描，試圖把新權貴皮鞋上的泥漬給記錄下來；有知或無知，一種直覺的生存敏銳，催著國王的大臣發言，以忠言逆耳、以順從天威、或以冷眼旁觀，無非盼望國王給他們一絲關懷的眼神。大臣真的受不了，難以馴服的艾莉子、那樣無所謂的神氣，一無所知踩著疆外凌亂的舞步，卻要一群老骨頭手裡、腳上的銀環，沙、沙、沙、沙。

哼著歌兒，逗著蛐蛐兒，我夢見透明的花。所有大人路過的秘密，都凹陷下去；再探出頭來，又都長成細心照料的花園。你是罌粟或野薑，都行，都行。

言魂六術士抱著懷疑的心作法，但懷疑的心實在令人難安；他們決定去向理想與現實的兩端調度，一旦調服自己之後，竟似跨越障礙般酣甜起來。他們非常信賴音樂家，也欲滿足了自殺者s索求的內涵；艾莉子肉身實體，在結界內被拱作一座橋，忽隱忽現，緩緩流動，是適合把女作家接引過來的介質。於是，言魂六術士使出悍然的無邊法力。

團塊無聲地推擠，匯集的情節移動了無知的棋子，使棋子固著在最靜止的狀態。

言魂六術士在艾莉子的掩護之下，得到宮廷與自由；國王屏息以待全新的幻術，能感動賓客，他驅動著艾莉子滾石上山，監督黑盒子釋放的強大法力成形。言魂六術士和國王隔空相互丈量，把懷疑與信賴的眼神，都凝結在艾莉子身上。他們突然之間感到很吃驚，艾莉子如此年輕，看起來非常陌生。過去的景象浮現的次數使所有人都侷促，他們決定，紛紛把眼神移開。

＊　＊　＊

心理治療師h說：「一步也不願意走，我感覺妳快窒息了。」窒息，她要我把這種感覺告訴阿烈斯，告訴他我對這些感情、空氣狀的身形鼻息，有多麼無助。託夢，而我還能對他說些什麼，說我不是同志，但戀上他。說我雖然狀況很差，但也不害怕見他；說這夢般交叉的地帶，最終要一顆結實的子彈，射穿、淪陷，一個點。說我昨夜又做了一個春夢，阿烈斯可以是任何人；說擅長突破封鎖線的人，縮頭也是逃得很快。

阿烈斯形容痛覺為「鬼穿衣」，恐怖又華麗，「而痛難道不是這樣嗎？遭遇種種利器、目擊超出負荷的光。在衣裝之下，卻沒有精準刺中一點，只是渙散開來遍處翻湧。」阿烈斯，痛你已經寫得這般美好了。

h問：「妳覺得他知道妳有這麼痛苦嗎？」

我無法直接回答這個問題，百忙之間說出：「我覺得阿烈斯曾經經歷過我的痛覺。」

我依稀記得，那日傍晚慢慢穿上和服，它輕觸肌膚的感覺：「我必須出門了。」

越接近除夕，凹槽越暖和，走在街道上的我，已經形變了。如我所願，漸漸有了初生的稜角。人們的臉扭曲蹦跳，一會兒緊湊如蟲，又恢復一本初衷，彷彿晃動的只是我的錯覺，隱隱的臭味都是一場誤會。原本透明的我，已經分不清人們與我之間，誰才是那一面鏡子。春暖花開嬉遊的蟋蟀，於是也在冰冷的現代建物之間，汲取寂寥的況味。街道，冉冉升起了腐蝕性的酸味；除夕夜，萬家燈火的日子，步履在地面蒸散酒色財氣的煙硝，只有黑盒子提起大燈籠。指引前路。

這幾個禮拜，我不眠不休穿梭於文字和圖像之間趕工，雙手已經追趕不上心上困頓；時間印表機，閃過一行又一行的空白，只是依靠著過去的點點驕傲在噴墨。音樂家打電話給我：「言魂六術士已經就位，『很美』。」他會帶著水晶球先讓我體驗六術士在水晶球裡的夢幻演出。

我迫不及待要出門去看看，去看一些繽紛的色彩，他們的名望就是實力的保證，我從來沒想過其他種可能。貪想黃袍加身時的虛榮。我相信我全力護航的人，會在最後一刻趕到，用他們豐碩的才華拔出我的處境。所忍受的指指點點，會化成一道巨浪，逆向褪去，洗淨國度裡暗暗的眼神；我偷渡過來的光采，即將見光，華麗的孔雀要開屏。只有好美啊的演出，能撬開唇齒之間的生機。

洗刷冤屈的時刻將來，我把圖散了一地也不管，衝出家門、驅車夜奔；夢被掛上去，舉得很高。煙火和人性，看誰跑得比較快。是個毛毛雨的夜晚，我又忘了帶傘，抵達小房間後，我端坐在沙發上，屏息以待——深邃，而氮醉的海。

我看見國王、武士、音樂家、言魂六術士、阿烈斯、如蘭、白棋、伯爵，都是借屍還魂的母親，夢中的親友附著在母親的身上行走。自殺身亡的女作家說：「妳得到了地毯與旋轉，我才將再生。」第一次嚇出一身冷汗醒來，卻感覺從未入睡，「J。越美麗越悲傷。批判刺入沃土。我不知身在何處，從何甦醒。」

再看一次、再看一次、再看一次。音樂家問：「如何？」

靜靜看進他的眼：「好、美、啊。」背脊由上而下豎起、由下而上梳過。今夕是何年。

背過世界，鑽入小盒子裡面旋轉，毛毛的地毯仍搔著我的腳窩，非常舒服。黑漆漆的中央，描圖紙也繽紛旋轉，光線和色彩跳動在身上周圍，我終於如願成為萬花筒裡的一個形狀。卻害怕地哭了起來。

＊ ＊ ＊

日光推移，我待在自己的小房間裡越來越暗。各種力量依舊捉弄著我，善意各有黨派，撥撩我逐漸失序的體腔，誰願意施捨我，我便將身體的重量往該方向壓去，給力氣的人紛紛藉著推我一把向對手叫囂。我倒向哪邊，便說謝謝你或是拜託妳幫幫我吧，無奈風向在危急之時，更是隨時展現風暴卓越的善變。

「什麼，妳變不出把戲啦。」謝謝你。

伯爵L從抽屜裡摸出一顆刺金繡的水晶球，說他早就知道會有這種結局，「拜託你幫幫我吧。」

搖搖欲墜，只要有人對我吹一口氣，我一定會因為承受不起而化開在空氣中。國王的小廝們不斷湧出來抱怨言魂六術士的魔法因為遭遇過多的強光而破散，「這場演出最最沒用。」我筆直，走回位置的腳每一步都沉重，宛若即將垂墜入井的鉛塊。心思越來越岔，神色越來越差。晚上的睡眠時間再也滿足不了我。

孔雀確實當眾展開了鮮艷的羽毛，可惜羽毛是破的。艾莉子撫著胸，胸口因慌張而痛、麻、悶，坐在床上、靠著牆，不斷往心口、胸前塗抹，最貴且滋養的心靈精油，卻無法起床，走不出去。日晷，從簾幕下擺流溢出來；據說，貓能根據日光記憶，找到回家的路，人們無法拋棄一隻貓，除非牠想離去。艾莉子起不了身的同時，我也費盡心思幫她霸佔位置。心在焚、身體冒出冷汗。每一刻決定都遭受另一種聲音嚇阻，行動猶豫不決，成為飽受驚嚇的老鼠，逃出去的路上，舉目可見高喊著「狼來了」的羊隻。

艾莉子時刻知道，外頭人們正在進行的事情，直到馬路傳來熟悉的哨音，直到學生們放學了，她才緩緩起身，像一隻名符其實的鬼魅，在準確的時刻，連夜出發。鏡子在每一個角落，每一面鏡子向我靠攏，美的、醜怪的，千錘百鍊的細索，再也提不起頭顱。

親手砌築出的城牆，隨著魔法的顯影，湧出一群又一群的白蟻，城牆內外的人物進進出出；藝術開始討論美學的真諦，醜是美的第一課、死亡是生存哲學的奧義，失落的土壤，充滿病徵和失格探路的機智問答，哎呀，這個我們一度嚮往又終生閃避的城國。

鈔票落在城鎮，失落的、飄零的，是渴望成功（認同）的原型。

國王仍以各種方式，在艾莉子灰色的心靈催入強而有力的顏色；

越是這樣，艾莉子心中的愧疚，越是生長。

車子裡，音樂家J的代言人——我的朋友——她的資金線索，密密地縫補進來，我覺得很尖銳，何不讓我抱著僅有的裂隙，成為一個殉道的烈士？完形的真相虛晃過去，捉拿千瘡百孔的心。故事裡沒有捍衛夢土的勇士，只有站在化外聞雞起舞的傻瓜。

我聽著聽著，心裡有激動的皺褶，難以撫平，「妳到底知不知道，這是我的夢。」純真又熱，碧綠一如哥哥孤立野台，試圖射穿徒勞。

「我真的要走了。」別這樣殘忍抓住夢的尾巴。

在計程車後座，語言的冰塊裂成懸崖，吱吱蹦蹦地隔開了。

這麼急欲靠過去的地方，原來也仍是號角的兩端。

鸚鵡螺楦入艾莉子灰色的眼眸。warm的和弦，漸漸不敵國王的眼睛——被提煉出來的汞銀。腐蝕的夢想散溢出難聞的氣味，她不敢相信，仍想要力挽狂瀾。艾莉子拾起腳下的沙，往第一個靠近的人丟去；她很執著，故事中好人與壞人的分野，以及自己出現的原因。艾莉子選擇一個平靜的傍晚，齋戒沐浴，換上所準備的最後一件魔法袍，點燃最後一根擦過希望的火柴，她往魔法四射的黑盒子走去。

她親自在黑盒子裡向賓客展示魔法的神奇，所準備的最後一件魔法袍，便是將黑羊漂白，把烏黑的咒語吹進隧道，賓客瞠目結舌、感到希罕，甚至讚嘆。艾莉子信步走出密室（啊，她的心是這樣岌岌可危），她螺旋槳般渲入的灰色眼眸，仍然驕傲又全然依賴著呻吟的傷口，自責與控訴露出來，垂釣第一雙遭遇的眼，頂撞複眼的結構。

她自覺身後就是失敗的軌跡，地上散逸著燃燒過後的材屑，她說不出的話、掉不下的一滴眼淚，委屈變成手裡的沙子，往國王之眼擲去。太多的秘密自她神色之中疾行。艾莉子已經失去對人性的信賴，心裏有一塊最珍惜的，被摸走了。（事實上，她這才真正穿上巫師的道袍。）

＊　＊　＊

我現在感到一點後悔了？那一天，為何我要撕掉他的信。那可能是我這一生至目前為止，所能得到最好的回音。而我就在廁所的馬桶上，對著這麼小一片窗，就把它給撕了。

一點也不怕寂寞似，揮霍似，反骨似，青春般，打開不起眼的玻璃，推開毫無潤滑、歲月塵封的紗窗，把這一封信撕向陰風中了。當時義無反顧的翦影，今日再看卻無比緩慢。陰森的方窗之中，輕薄移動的烏雲，使光線散開成為詩歌一般的亮度。

我站在馬桶蓋上，感覺光，門外的世界好遠好遠，我看著破碎的紙屑，在我手裡。

我沒有站在國王的肩膀上，我沒有注視國王的眼睛，我只有不沾身的，片片殞落的，又輕又白如紙的自由。

醒來是痛苦的，過去的景象清晰了，那原本妳所追求嚮往的，都成為利刃般絕情。為了免除這種切割，艾莉子在匍匐中盼望，筋帶骨骼血脈渾濁旋轉。一旦劃開鋸齒般的裂縫，身體好像要碎了，自由像失去腦殼，靈魂一直要竄出來，不躲藏了，眼睜睜任所愛瞧得一清二楚，再也不要討好。

溢出濃稠滋養的液體。那些撬開腦門的罪惡，突然掉落在身體周圍，安靜地毛骨悚然。一切景象翻了過來，愛生恨，恨生愛，同情有所條件，萬物相生遭遇，均有對價。自殺者s輕飄飄地發出一種接近滿足的呻吟，彷彿第一次開口，卻不再有意願說話。

熱氣邑開的街道霎時渾渾噩噩，國王之土與凹槽之水看起來只剩一個三角形湊不回來的地標，指向下一座未知的古堡。有朝一日，艾莉子指著黑盒子幻化，時間便要她往地獄裡去，跌落的塵埃再也不存在真理。那些鬆脫宛若被摘除圓盤的大頭針，再不知所措也猶然光禿禿的，以銀色的光輝，靜靜躺在雜物之中迴旋。

於是孤獨感減輕了。只要沒有那麼多的愛。我便不感到孤獨。

03 皇后廣場

「先生，可不可以請你告訴我我是誰？」凌晨五點，五月的台北，我在大雨中醒來。地上的光線，詭異地藍，牆壁上有一道豎起的影子。這是一個漂亮的影子，巨大而飄逸，好幾次我想要把她描下來——用枕頭旁邊的麥克筆——但是一走動，她便消失了。

牆壁上的字卻是留在原地。description，令人匪夷所思。這是什麼意思？這麼一想，手疼了起來。我去觸摸，影子把它掩住。莫名的情緒像血液般，匯流到這個字。d-e-s-c-r-i-p-t-i-o-n，來，把它唸出來。寂然無聲比不上一絲嘆息。

第四個的字母、五、十九、三、十二、九、十六、二十、十五、十四。

＊　＊　＊

去年聖誕節，我和玉一起過，她是法國女孩，我們花了一個小時，待在小房間裡拆禮物。我送給她的禮物是在威爾斯教堂山坡上一間精巧可愛的家居店買的最後一對木偶。木偶穿著單件式紅色毛衣裙，戴紅色毛線帽，兩三劃簡單炭筆勾勒出表情。

我選東西習慣一眼決定，但是最後一對木偶，要不要買第二隻一模一樣的，倒讓我在架子和櫃檯間來回了好幾次。孤單的木偶放置在架子上的模樣，實在令我感到虛弱；雷恩和喬安挑好蠟燭的樣子，我下定決心似地衝往櫃檯結帳。看見店員把薄薄的紙揉成一團包起他們時，心中有一種非常滿足的感動。

玉對小木偶愛不釋手，「一二三，二三、一三二三……」我跟著她練習麻糬般鬆軟的法文數字，感覺唇邊沾滿甜甜的花生粉。「一二三四五，妳真好笑，連算數都不會。」

在我所知道的世界裡，這種感覺叫幸福。

小房間裡，一大袋一大袋包裝好的禮物。不管包裝材料是什麼，玉都以最犀利、直接的方式撥開。手的扭力，扳開固定的鐵絲，芭比、馬車、城堡，一個個光鮮亮麗的世界被釋放出來。大把剪刀刷過各色包裝紙，滑面亮光、黑色樸質的紙質；每一絲聲音，讓站在門邊觀看的我，有一陣一陣的快感。

我是遠道而來的客人，很自然地和年紀最小的玉一起等候用餐；玉的母親、外婆、舅舅，以及我最好的朋友——她嫁給玉的舅舅——寶玲，則在屋裡為聖誕節晚餐忙碌走動。玉的頭髮像金色的綢緞，小女孩走路總有點奔跑的感覺，或者小孩的走動，本來就是介於走動和奔跑之間的。她從這一頭到那一頭，廣場上女神手持的空花瓶，彷彿在眼前流出一道金黃色、永不止息的泉源。

她凝聽母親說話時，安靜的側臉，地毯，她白色的小禮服，一瞬間在注視中變形。玉變成一個好美的新娘，我看不見她的臉，但是，她背部的線條，和影子之上盛開的玫瑰，一清二楚。

我們趴在地上畫圖，廚房裡聲響剁剁，油滑入鍋底的瞬間清晰可聞，另一頭是拆完禮物的房間，有一本書歪歪斜斜地掛在椅子上。大大小小的禮物縮在屋子各處：擁有大櫃子富裕的公主、拿著吉他的小孩、珠寶鑲金的雪白馬車、點綴以碧綠水鑽的印度女郎，細緻的紗裙和滑板，一座記憶之中的城堡隱身在懸吊橋外。

長方形的住家格局，有其採光缺失，但在分割之後，有其獨特的浪漫。大房的中間是起居室，兩臂掛著臥房和一間可以隨需要而移動擺設物的房間。臥房在拆完禮物之後，靜靜躺在夜色之中，把巴黎的夜月暗暗引入。我們趴在起居室和活動間的交界畫圖，主人將烹調好的食物拿到活動間的長桌，四散的香味顯得溫暖迷人。

我想要臥在地上，像一隻溫和的馴獸。和玉一起，把眼睛看見的畫出來。

玉抱著木偶奔跑，沿著長廊，愉快的步伐，她白色的小禮服，飽滿的髮捲紮成公主頭的樣式。玉的背影不斷延長。她的影子像誓言一樣綻放。

* * *

二〇〇五年十月。城市天空是巨大的騙局，透過語義的投射，我陷入一個自己織造的世界，隱沒之後，是一座美麗神秘的城鎮。

我對住家門口的大馬路再熟悉不過，從出生以來，它帶我到任何地方。有一天我走在街頭，察覺影子不是跟在背後，而是在斜右前方，接著，一旁工地圍板，出現短小的影子，其他地方也有。自從開始數影子數量的那天起，我便搬來這裡。

這座山城上，青翠的山巒起伏，沿著坡度一直走，轉角處，可以看見，一群巨大的柱子矗立。每一層樓的樓地板，有好幾個浴缸大小面積的挖空設計，陽光穿透這些洞，整座建築散射繽紛的光束。

垂直的柱體，與平行的地板交錯，便是結構的全部，沒有外牆，也沒有隔間牆。因而，走道並不存在。說是這裡是廢墟——為都市遺忘的所在——倒也像是剛好剝除到這裡完成。

臨路面有一坏土，小土丘上，有一塊不起眼的銅牌，大概飯店領班名牌那樣尺寸，端正地插立其上，上面有狀似指甲刮出的痕跡：語言學校。不仔細看的話，這塊牌子只會是一堆泥土上，一個反射光線的光點。

我蹲下來，伸手想要抓住這個光點——

「你要找誰？」一個毛衣女孩，一手抓著鷹架，單腳撐著，另一隻腳懸在空中。這姿勢真危險，但她卻輕鬆自如地盪到另一邊，對稱地做出相同的畫面。

「要找誰啊？」小女孩的聲音，好細。棕紅的頭髮，直直地掃過鷹架，她的頭髮甚至高過她自己。混凝土地板和粗獷的柱子，極為安定，遠方的山巒彷彿隨著她的移動，而抽動著。

朦朦朧朧地，艷陽高照，山間的風吹得濕濕黏黏。

她的眼睛，沒有任何顏色，像兩顆彈珠，掛在圓圓的臉蛋上，「對不起，您所使用的這張票卡過不了。」這句話，莫名地在我心中響亮。我呆楞地望著女孩的彈珠眼睛，不由自主地說：「妳長得好像玉。」

在我說出這句話的同時，或者延遲，她溜下滑溜梯般地站立至我眼前，指著我的鼻子說：「我不是玉，你到底要找誰！」

「有一天我在我家門口的大馬路走著，突然發現影子不只一條，我開始數影子。數著數著，就看見坡度，我只是順著彎度而來。」幽幽——小女孩的名牌——跺著腳，好像數著時間的節拍器，那一雙只到我膝蓋高度的眼珠子，骨碌碌地轉動。

「妳的行李呢？」

「我只是在家門口大馬路走路——」

幽幽跳舞般轉一個圈，背向我，跳回原本的位置，又輕盈地跳到九米高的樑柱上，十四米，八米……。每一個頓點，和第一眼的印象一模一樣。她蛇行一般地往山巒方向消失，若一團毛線穿插在混凝土結構裡忽高忽低，華麗的印象，使人目眩神迷。

整座城，又恢復我剛抵達時的風景。

「幽幽，幽幽——」

＊　＊　＊

隨著離開的時間一天一天迫近，散落在地上的物件愈來愈多，收拾行李，想要的東西有其鞏固外形，大小落差之間的縫隙，塞進體積更小的東西，柔軟的毛巾、修長的牙刷，一條一條圍巾像捲尺一樣，捲著生活所需。剩下的，一封信？一張照片？唱片、影帶，或一件具特殊意義的珠寶。

倒數三天，我送走我的貓，一路上留下深深淺淺的抓痕，雨侵蝕著這些傷口，我們合照，逃不過的瞬間一下子流下，牠看起來多麼不溫馴。倒數第二天，我去唱片行，心不在焉地伏在角落，挑選唱片，等待一個飄忽的影子晃過，只是想要再看哥哥一眼。

最後一天，我走進h小房間時，天色已黑。

「要開始我們的旅程了嗎？」這句話寄放在昨天。

我的朋友要當新娘子了。搭乘歐洲之星前往巴黎的路上，我翻閱昨夜在維多利亞劇院欣賞的新戲的節目單。這是歐陸，從英國到法國，膠著在defy這個字，景色灰濛濛地，綠色、灰色、白色，原野放在一段距離之外。蒼茫的樹，抓住弧線，有時候是一株，有時候是好幾棵以固定間距排列，消失又出現，出現又消失。

我記得畫室的尼爾跟我說的事，破敗教堂裡的齒鋸，一條尼龍繩般的河道。

景色躍動的篇幅，緩慢。隔壁坐一位高雅的女士，我從一上車就對她充滿好奇。defy，無重力的頭緒在附近洄游。她要我把畫的圖排列，列車之中，想得好慢。正確的記憶應該是這一張，藍色的河流拱起盡頭的房舍，白色燈泡擠滿灰色，潮濕的洞穴，一個過小的入口。

島，她是一座島。我來自海洋，心像荒土豎起。女士遞給我第一顆水果，她的嘴唇薄薄的。「妳知道哪些水果？以後能不能把這張紙上倒進水果，像一個豐富的果盤。」我的領口匍匐一隻彩色黑貓，h為我別上，我喜歡擁抱，偷偷地靠在柔軟圍巾上旅遊，那是我柔弱的號誌。輕輕地張開一片一片凋零的唇語，把果肉、種子和果皮的汁液，打進歲月的囊袋。

我和他約在窗下。h說：「不管多久，我願意等妳。」我在報紙上讀過一個小女孩寫的一段話——媽媽，我在風的盡頭等妳，但是

風有盡頭嗎？

雨在水漥上打著皺褶，天空是乾燥的，我在櫃子上找一張唱片，等待一個幽忽的影子晃過。下車時，我甚至沒有道別。

回到英格蘭後，我更常對著你的字根發呆。

＊　＊　＊

有一個力量從背後推我一把，老師把最後一位住戶的名字用紅色石塊寫在地板上。我跟著鄰居把這個名字默寫下來，「櫻花——」粉紅色，接近雪白。J是一個嘛，j拖它長長地尾翼，嘴巴懶散滑行／外套可以掛，風在長窗外，等在街道對面，／單字一個一個／裙子是舞在朗讀。

「艾莉子，我想妳一定知道這個字是什麼意思。」櫻田先生噙著他招牌笑容問我。

我知道，知道，只有三個單音，可以喚起一切沉睡的印象。語調這麼急切，我們如此深信這件簡單的事，以至於語後擱淺空白。

「我不知道。」可是你忘記了嗎？

住戶各有一把單椅，長長的椅腳，切在樓板邊緣，纖細的木頭椅框，啣曲折陽光。光截斷在J臉上，我常常坐在那裡，看著鐘擺把白色橡木，切出一部分乳酪色半圓，一邊把另一邊吞沒。這是他的日文課，對象是住在浴缸九號的韓國男孩查爾斯。

那些聽不懂的日本語，埋藏著日本作家的靈魂，我在櫻田先生的手上，寫下我所認識的名字。他的手掌握起一座浮動的池塘。音節像渣，煤炭一樣撒；他的臉上刻好紋路，淺淺地運送日本野櫻，一整朵花瓣，如蠶花，曾沿著這棟發光的建築攀爬。

藤蔓緊緊地鎖住，櫻花步道穿梭在榕樹林；硫磺散射的氣味，一前一後地追蹤著。這是一口罐子，關起來後裡面搖晃著。阿烈斯、音樂家J，在瓶子裡，被這些語言碰撞。櫻田先生擁有這種符號，牽引著我。讓我乖巧地倚著堅硬的座椅，如催眠般摩擦過去的稜角。

時間在這裡顯得好乖巧，我聽著查爾斯和櫻田先生說話。

✳ ✳ ✳

時數是一條甬道，我穿過

湧動的河流

櫻田先生問我：「妳有做過一些桌子底下的事情嗎？」

一束粉紅，而且接近雪白的天井，從櫻田樓層的斷口升起，零散的櫻花在浴缸，像一片一片剛剛鬆開的茶葉，上上下下漂浮。因為秋涼，我微微哆嗦：

「櫻田先生，你背後有一隻開著坦克的金魚。」（fish tank）

住在七號浴缸的雷恩抓著我的手，他說：行李（suitcase）。雷恩是這麼一條皎潔的河流，溫和而且讓我鎮靜。即使地上有一團扯亂的錄音帶，我相信他也會規律而有耐性地把他們捲回原來的軌道。

「七個小時很久，久到可以把時鐘迴轉一半；這是我抵達這裡之前，所做的一件事情。」我可以感覺雷恩的腳在桌子下，我畫過他，還有他的兩個兒子，一隻大狗；我對於教堂裡的管風琴極為著迷，他曾經告訴我那是什麼字。

「現在幾點了？」雷恩，真不知道誰能彈奏它。

七號地板，是權力的集散地，去過那裡的人，全都非常高興。雷恩告訴我，七號樓板底下有悶響，雖然不會造成實際上的損害，但是地板的震動，未知的來源，使人擔心、憂愁，恐懼。你可以感覺輕微地震動就在腳下，聽見曖昧不明的聲音，卻懷疑一切只是耳鳴。

撕不破的時間，比心跳更野蠻。無辜。

幽幽從遙遠的山，倚著一條繩索盪進來。當她穿過樑與柱的瞬間，巨大的空格裡滿溢大大小小尺寸，直著、橫著的畫作，全都裱好了框。風把一幅幅圖畫吹得發出木鈴的聲響，畫的邊緣均一閃爍著金色的線條，微幅搖曳。

她站定位的姿態，還是一腳懸吊在樑外，一隻手抵著柱子，一個旋轉，完成一次對稱。她站好之後，一匹跟我拳頭一般大小的金色小馬，從她圓圓的毛線裙邊滾出來，踢躂踢躂地，順著幽幽站立的樑，隱沒柱子裡去，馬鞍皮革遺落在地上。牠消失的洞口，則鎖住一、兩顆祖母綠、牛仔紅色的鑲嵌寶石。

她說：「雷恩，你的行李呢？」雷恩指著其中一幅畫說：「就是她。」

隔天，雷恩便消失在這所學校。

艾維、妮基、羅琳、阿曼達，一個一個走了。雷恩也消失。我開始站在邊緣，望著幽幽所來的山谷發呆，想像雪的樣子。大量而且迅速的離別，讓我心情很不好。

＊ ＊ ＊

這麼多年，感覺上，只是要描述一場漂亮的死亡，只是穿越孤單，是一件多麼為難的事情。當家族的人圍成靈火，輕柔地把母親的魂魄含進去；光斑中，搖晃如醉如痴的姿態，怎能說自己活著。

輕觸死亡，跑到最遠，凹槽死了一個女作家，天空撐開裂縫，非得由她去補。

坐在我隔壁的同學，昨天晚上做了一個夢。她說，在她的家鄉，有一棟老屋舍，每一次夢見，自己只站在陷落的屋舍之間，周圍是遺落的磚瓦殘骸，她不斷地修復。這個夢從來不曾改變，她不斷地面對一座兒時的家園，用自己的手修繕工事，每次醒來都淚流滿面。下一次又會夢見，同一座破碎的老舊房舍，她站在斷垣殘壁之間挖掘。

「我知道那是母親和我的家。」

那是一雙碧綠色的手。

她無法停止遷徙，「父親，我的一部分已隨你而去。」每一個地方都不能久留。「媽媽並不愛我，也許她太忙了，你是否能給我你童年的顏色，」我從丹尼爾的眼中望見，祖母的田地有綠色的波瀾，柔軟壯闊，一群小孩在其間奔跑。

悲傷的女人，蹲在裡面啜泣，她們是如此專注，以至於田埂充滿銀白色的稻穗，每個人都變成小女孩蹲臥其中，誰也看不見誰。

誰會是下一個走進來的人？

這棟建築當中，我只看過一個鄰居怎麼來，他的名字叫做艾維。他長得非常非常地高，當我要形容一個人有多高時，只會把手伸到極限。他是爬石階而來，背景是一片黃土牆，穿著皮衣，牛仔褲，休閒衫。雷恩離開之後，裸露但實實在在的結構鬆動，艾維的影子每天都在我的注視下，重複出現。

我告訴櫻田先生：「其實我不能閱讀。」櫻田先生是第二回來到這棟建築的人，他說：「艾莉子，我有一張山徑圖，」他要把我左手攤開，他不這麼說，我也沒發現手裡握著東西，「是鍊子。」

我的兩隻手髒髒的，腳板升起一陣冰涼，抬起來看，是一層薄薄的、黏黏的白色結晶，「是雪嗎？」櫻田說這裡從來不下雪。他說：「妳走出去了。」

他沒有多說什麼，慢條斯理地把山徑圖摺好，收入包包裡。「再五分鐘。」當我聽到他這麼說，便知道對話結束了，上課之前的五分鐘，對櫻田來說極其重要。

老師的裙子從洞口豎起，拖地的部份鋪滿整層樓，波浪一層一層不經意地拍打著。娜塔從裙口緩緩現身，紅色瀏海、眼睛、頸項、胸脯，裁齊在腰部。我從來沒看過她腰部以下。她也是很高，比艾維高大許多。黑色的裙子上，佈滿許多綠色的圓圈。她的課讓我們坐在一個一個綠色的圈圈裡面。

她喜歡往外看，花很香。鳥不斷地鳴叫。她的裙子抖動一下，一支筆滾到我的位置，她說：「這裡怎麼會有一支筆？」我看著那支鉛筆，從上到下都有細細深淺的齒囓，滾到我身邊靜止。

我聳聳肩，「我也不知道。」

＊　＊　＊

幽幽住的山城，是一個冒煙的鎮。湖上煙波飄緲，四季恆常地繚繞一支古老的旋律，「當我看見石頭，改變了顏色，終於可以到你懷中休息，拉拉拉～拉拉～拉拉～拉拉拉拉，花香撲鼻——」

「轉彎！」她跟隨著自己的腳步發出又細又脆的聲音，一條乏人問津的巷口拐進來，裡面停滿車輛。一個跳躍，掛上欄杆，一條腿鬆軟地搖著，她把手伸向天空，一根羽毛飛向綠色的草坡地，「當我完全地進入了妳，又完全地離開了他，完全地離開了她，又完整地進入了你」一段低沉的朗讀，沒頭沒尾地鑽進巷口；幽幽一個翻轉，躺在車子引擎蓋上，「今天的天空好溫暖唷。」

沙地上，一串小女孩航行時遺落的串珠，一顆一顆紅色的、粉色的、鵝黃的、淺藍色，幽幽把她們一顆一顆撿了起來。陽光灑在她的背上，一三五六九七，她露出一個大微笑，張開手掌，手上是好多漂亮的珠子，在照耀下閃閃發光，微小塑膠球體的特殊光芒。

毛帽子掉下來，她棕紅色的長髮在廢棄車廠的沙地上，隨撿拾時駝起的背影漂流。

「媽媽，我回來了。」

老安卓打開七號門，白色而巨大的門，角落繡著金色的字碼七，永遠鎖在小鎮的煙霧中。這是春天之巷深處一扇最為宏偉的大門，也是幽幽居住的地方。

「我想要先去洗一個澡。」幽幽以最快的速度奔到二樓，她所經過的梯階，牆壁上出現一個一個向上奔跑的腳印子。

「我的天啊，妳又跑去哪裡了！」老安卓數著牆壁上花花綠綠的腳印子，對著幽幽消失的背影大叫。

「媽媽，妳的金耳環掉在院子裡。」幽幽浸泡在浴缸裡，小小聲地說著。

＊　＊　＊

今天是Fred的忌日，一件棗紅色的套頭毛衣和黑色長裙，整齊地鋪放在床舖，我想是萊頓幫我準備好的。昨天路上撿到一封濕潤的信，署名是第七十七天。

「那一天發生了什麼事？」世界下了一場大雨，老安卓這麼告訴我。

好幾個夜晚，月光下我摸著庭院裡的刻痕，石板上凱蒂的名字像裂開一樣，再也合不起來。屋子的水氣凝結在清晨梯子上，一粒一粒，要掉不掉地。熨斗蒸汽冒著，我的手熨過微微發燙的棉布；煮水器在廚房裡咕嚕，跳起來，浴缸裡的水吸著。一支咖啡色木梯，從他的房間向下折旋，煮水器、鋁罐托盤、暖爐、肖像和村落裡運動員的襯衫，緊緊地圍繞著它。

這一支梯子，束口袋縮起的繩子般，把屋子稜角緊湊在一起。我坐在第三個階梯，一封卡片從門縫灌進來，兩個女人在門外交談著，而後走開。電話響了，我不能接，可能是珍從海岸打來。

我從梯子背面打開突出的抽屜，一支一支沒水的原子筆，「筆，」他說：「給妳」。一把短短的原子筆，落在我的手上。我從來不知道長長的散步和短短的散步，終點在哪裡，只知道他會給我帶回來一把數目不一的筆。第一份收到的禮物是七支筆，他是如此確信，一個作家需要一支筆。在我的眼中，這跟一個獵人帶回兔子，舉到你面前說「給妳」的感覺並無不同。

綠色的沙發外面，有不同的天氣。

「今天是冷的。」

「它是雨。」

「我想散步。」

h問我的時候，訝異的神情，對一個諮商師來說，實在不尋常。

我終於在西蒙翻頁的時候，趴下來哭泣。

「克莉絲汀，我為我的壞行為道歉。」我必須專心閱讀。

＊　＊　＊

丹尼爾是和我住在同一層樓的十六歲男孩，比我們晚搬進這裡。又瘦又高的丹尼爾踢著小球，在地板斷口之間穿梭，「咚」一聲，小球掉到十七號浴缸。他坐在我的對面，第一天我們的眼神便膠著在一起。

那本來是捺迻的位置，是本層樓的入口位置，忽大忽小，上上下下，得看擠進來人的形狀。

丹挽著袖子，腳板頂著樓板外緣，只有腳底一條線在這棟樓、半個腳掌翹起。只要丹的腳趾頭動來動去，便知道附近有漂亮女孩探出頭來。他總是挑著眉毛，雙手懷抱胸口，答題超快，跟他出現的剎那一樣，一陣燦爛旋風。

丹有一個害羞的影子，如影隨形，無論丹到哪，影子必定服貼在離他最近的柱子上。他和丹玩耍同一顆球。「你叫什麼名字啊？」

他的頭微微低著，靦腆地回答：「阿力杉卓雅思。」

丹尼爾卡帶匣般彈出本棟建築時，整層樓打著輕快的鼓。他的腳趾頭猶如一叢隨風搖擺的花朵，毛茸茸地，開滿樑上春光，風和日麗，黃色花瓣。

阿力的頭則垂在很高的地方，痴痴地望向丹的臉頰。

我靠在三角板垂直的角落，陰陰涼涼地尾隨阿力的目光，喊著：「姊姊。」輕輕一吹，悠悠山谷，嬌豔綻放。

＊　＊　＊

六月十九日／安全施工兩百七十九天／男工二十一人，女工三人／我看見凹槽豎起，地下五層樓，在山腰閃爍，黃土推起，難道這是我們往日舞蹈的泉崗。向上坡道昏黃的景象，暗下的剪影，仍然將我封存在這裡，不由自主地交疊皺褶手紋。

我有一種鬼怪的感覺，日復一日，靈魂就要困在這裡。一條冉冉而升的工地鬼，仍然在消去的窗口，擺動青春華麗的舞姿，縱使建設，使都市迫降。

再往前走／那裡可以汲水。

我在湖水之中，祈求湯守觀音，讓我紅腫的肌膚，可以恢復飽滿豐美。鐘形窗團團圍住湖泊中古老的魂魄，我們望出去，是山巒和山巒之間，一段學校樂隊的樂音微薄響起——想起，是山巒和山巒之間，我們交相垂下的眼神。

昨天，我攜著我們的靈魂，往外逃。驟雨落在湖泊裡的秋天，地上花瓣沾濕了土。生命裡，有一個秋天特別長，我站在巴斯的博物館外，牌子上寫著：「如果在這裡不能治癒，所有的病都將成為不可能。」鏽石黃色的眼淚，流過石頭。

再向上走去／那裡可以汲水。

豎起的碑文，凌亂地刻劃，詩人的腳步沉默推動著時光／沉默的時光。

我生命裡的第一場雪，走到這裡休息。靠著銳起的石碑，疲憊地滑移，初雪旋轉多麼緩慢，哪裡傳來熱氣，掩住我的眼睛。

火焰的尖端，一個一個字，慢慢消失。

我站在飯店目睹這一場雪景。

柔嫩的床單，染上血潮，浴室與床鋪之間反覆來回。

我讓你漂浮在水之上，讓你縮起，放你在樹的組織裡呼吸，把腿夾緊。

「我想要先去洗一個澡。」我看見自己把房間內的警告貼紙撕下，用熨斗燙平整，在熱水裡漂浮。

＊　＊　＊

幽幽以最快的速度奔到二樓，她所經過的梯階，牆壁上出現一個一個向上奔跑的腳印子。她回到床上，轉開，「放我出來，放我出來。」住在收音機裡的萊頓說。

「給我另一支蠟筆。」

「另一支。」

「再另一支。」

「親愛的，你畫了老半天。」

幽幽低下頭，紙張上只有紅色，她的手指上沾滿五顏六色的粉蠟。

「再另一支。」

萊頓說：「為什麼我們不能出去玩。」

「因為我還沒畫完。」

萊頓的眼珠，在收音機裡冒著淡淡藍。幽幽的腳在桌子下晃著，兩條繩子盪呀，像鉛塊，也像紅土磚，她一個轉身，跳到窗台上，「萊頓，我的腳最近一直要碎掉。」

對面的山巒有黃色的小燈點著。

「可能用剪刀會比較好。」一雙小男孩的手從收音機裡伸出來，拉起圖畫紙的兩角，喀啦喀啦地，剪出兩隻紙娃娃。

＊　＊　＊

海倫老師的朋友寄來一封信。

她把一箱桶子從我的浴缸裡拿出來，銅製的桶子上漆紅色亮光漆。每位同學的臉在圓桶弧度上，轉出一小部分側臉。

桶子上鑽一個一個小洞，海倫提著提把；陽光像空氣亂流一般，在洞口亂竄，整棟樓瞬間為桶子裡的光束折射所切割，山壁在呻吟。她走到我面前站住，問我：「裡面有一封信，妳想不想知道是誰寄來的？」

我忍不住大喊：「不要打開，打開光就不見了。」

h拿著一疊紙張，舉得高高的：「這才是重量。」

上百封密密麻麻的信，掐住我的喉嚨。

一張淺藍色的信，飄進教室，空氣留下一道傷口。我朗讀信中的內容。一張一張寄到你的胸口，厚度在地板上累積，越來越高，填滿我目光所及。海倫蹲下來，她的口袋在我面前，我走進去，又細又長的開口，是庇護我的山穴。而後路是縫起來的。海倫在山林裡走動，我在山林裡走動，那是一條縫起來的山徑，我指著細細的疆土。

「走，只要帶著護照就好了，我們離開這個地方。」小跳蚤，這是我的地下室，雪會停，我們會有地方休息。

老安卓的歌聲傳來，她說：「字母的開始，全都是夢。」

我把圓桶撬開，「當我看見石頭，改變了顏色，終於可以到你懷中休息，拉拉拉～拉拉～拉拉～拉拉拉拉，花香撲鼻——」安卓，妳在夜色中抱著我，為我哼唱一首催眠曲，把我搖向轉境處，所有國與國之間的溝槽消失，無須轉譯，這種失落的語言名為思念。

思念是一種你很渴望的香氣，永遠勾引著你。

我們吃掉所有的東西，只為了再現。她說，我不知道你看到了什麼顏色，對我來說，這是火燄。我把海倫的聲音錄到我的鉛筆裡，我削著筆，她便會薄薄地再說一遍。

＊　＊　＊

「把紙傳下去，對折一半。」這是安娜的下午寫作練習。

她每次走進來，本棟樓鄰居跟著她的腳步節奏搖頭晃腦。

左腳：「你做了什麼？」

右腳：「搞什麼鬼！」

所有同學分成兩排，中間排成一張桌子。

一步一步，反光板從地面搭至我們站立的樓面，安娜將一團巨大海港運來的大麻繩，率性地甩在洞口旁，要我們口述天氣。

羅夫的街道有一排熊，雷恩說：「沒有。」但是兩個人都說出街道的名稱。有一個小鎮，極為靜默，一台車子也沒有，一年四季居民登山健行。說完，羅夫蜷曲起來，有如一株植物。

雷恩沿著雪融的路線繼續前進，路上出現五幅校外教學時我們一起欣賞的畫。雷恩喪失神智般對著天空講述，安娜要求他排列先後次序，雷恩說：「你需要解釋嗎？」

第一幅，出現在我來學校的路上；第二幅，出現在我來學校的路上；第三幅出現在我來學校的路上；第四幅在學校，第五幅掛在牆壁上。安娜說：「光澤呢？光線決定季節。」

雷恩說，沒有細節。說完，蜷曲起來，有如一座山脈。

阿詹出列，用麻繩把柱子綑綁，教室地板因此出現了層次。三張閃著海域氣息的白紙，白紙上一張是大日頭下飛揚的星星，一次是夜晚的航行，第三張是窗口的紙。阿詹把紙摺疊成一隻潔白候鳥，褶痕停在他的手勢。

安娜說：「今天我們講的是動詞。」她轉過身，面向我們，手握輪盤。我們把旅行字彙兜在周圍。

每個人的左腳向上，整層樓腳踏車一般抬起。「拿出來、放進去」全班跟著安娜筆記：「跟我重複一次。」下課鈴響，克莉絲汀娜回眸，她的頭髮叫延長，「跟上來，跟上來。」

＊　＊　＊

〈愛與詩、陰影〉摺頁從她十七歲開始……

萊頓說：「妳的小桶子裡到底裝著什麼？」

幽幽的房間裡，早就被萊頓看光了。只剩下床邊那個小桶子。

「這是秘密。」

他敲敲門說：「老安卓知道嗎？」

幽幽說：「怎麼對不齊啊？你幫我看看。」

萊頓喀啦喀啦地，把散落一地的紙牌撈起來。「用迴紋針別好不就好了嗎。」

月光在窗口閃著銀色的光澤，甜蜜寄居在盒子內緣盤旋。

＊　＊　＊

馬修走進來的時候，全社區的同學都在歡呼。無疑地，他是這所學校最優秀的老師。

「這一堂課教翻牌。」他說。

雨滴落在屋簷，真希望可以成為陽台，讓拍打，一直這麼仔細。

二〇〇六年十一月。這一趟回程，到底可以聽見什麼？凡尼換座位到我身邊，我們練習說一個故事，他的指關節，在桌子底下拍打；一隻泅泳的魚，順著抽屜，來回張望。我們一組，練習分辨輕輕重重。用馬修發的片語，編寫一封陌生的信。

開頭，他翻下第一張卡。

他們說：「宮廷與自由。嘲弄與金幣。女孩打出一張鬼臉牌。國王將付出人間輕微的代價，並親手摘去皇后的光榮。」

角落分別冒出四個人，倚在樑柱接口。他們低垂著頭，外面有如閃電。

大小馬克抬起頭來，他們和聲說：「問題出在建築。」天空閃現兩道冥藍色的窗子，他們一前一後垂下頭來。

主廚站起來，他說：這是戲院。他站在圓環之上，頭頂斜戴咖啡色的帽子，帽簷下，主廚的眼神非常睿智。路牌射向不同的出口，「我確定知道回家的路。」

第三個角落，有一個穿毛線衣的女孩，衣服上編織的網眼，可以看透。她始終懷抱雙膝，不曾抬頭，聲音從膝蓋之間傳出：「起司——什麼——」樂樂，我好想妳，「髮帶。」充滿彈性的髮圈映照在金魚缸上，「我走動的陸上，有許多頭髮（法語：恨）。」

馬莉安娜從劇院門口走出來，她的腳步是跳舞。有時寫狂，有時寫狼，她把一張牌蓋到桌面上，她說：「這不是一張好牌。」

我說：「也許有一些原始的意象。」

女孩把手伸長，用指尖把牌挑起：「憎恨。」字典翻起，風或是雷查閱這個字，我們並不知道。但是它曾被輕輕地觸碰。

教室的中心微微隆起，所有的角色消失。我的手在冒汗，昔日一點一滴滲透出來。輪到我，就必須交卷，我翻牌：「第一個單字是——」。

雷的光芒使窗現形。

我把它揉成一團，丟到浴缸裡去。

馬修說：「妳先去睡一覺，明天醒來再決定要不要接。」

於是我在他的聲音中睡著，這便是我們的第一堂課。

* * *

萊頓：

「當我看見石頭

改變了顏色

終於可以到你懷中休息

拉拉拉～～拉拉拉拉，花香撲鼻——」

週六傍晚窩在沙發看氣象報導，老安卓突然轉頭問幽幽：「妳有沒有聽到什麼奇怪的聲音？」

「沒有啊。」

「是不是布萊恩回家了？」

「奧菲有在叫嗎——可能是暖氣漏水吧？」幽幽繼續吃著好吃的餅乾。

萊頓皺著鼻子，對著收音機丟了一顆小石頭：「我是笨蛋！」喀啦喀啦。

＊　＊　＊

七樓搬來一位新鄰居，總是戴著一頂純棉漁夫帽來上課，無論西蒙如何說，他從來不摘下帽子。社區管理員神神秘秘地說，新鄰居是廣播界知名的氣象播報員彼得。

彼得敲敲地板，清清嗓子，五個小孩在他低沉的嗓音中，從彼得浴缸冉冉升起。世界上最漂亮的光束，在我眼前展開，每一個小孩都有捲捲的睫毛，蜻蜓一般的翅膀，不同的弧度，微薄而透明的羽翼，振動出綠色、藍色、橘色、紫色、灰色等雜陳光輝。

「錯誤，」彼得說：「這些都是失敗品。」

我感覺不可思議。

他說：「最完美的小孩在我口袋裡。」

這句話使我忍不住仔細看了他一眼，彼得隨即走到我身邊說：「妳是作家，可不可以形容？」

班上的同學很好奇地轉過頭來。

我說：「一種是設計，一種是陷入回憶，均有缺陷。」我可以同時感覺到彼得口袋裡的小孩，和我今天起床時發現口袋又莫名奇妙破一個洞時的感覺。

他在我周圍走動，使我臉紅，宛若一種羞愧。他拉高音量，突發巨響：「妳覺得妳很完美？」

「我給妳一個機會，妳可以撥一通電話給任何人。任何人。」

從我走進這棟建築之前，大概已經有一年沒講話了。彼得的問題使我非常緊張。

我說：「我不知道。」

＊　＊　＊

下課後，我和櫻田先生一起吃午飯，「艾莉子，第一天到七樓上課，習慣嗎？」他吃東西的時候，每一次切割，細微有如思考。我盯著他餐盤裡的菜色，恍惚地將早上課堂裡發生的事，完完整整地描述一遍。

櫻田認識學校裡的每一個人，也許他知道新同學廣播彼得的來歷。我真的好飢餓啊，什麼時候可以結束這頓飯呢？

菜屑、蛋糕，一點一點從我嘴裡掉出來。我總是這樣，一頓飯也吃不好。

櫻田用餐巾紙抿去略為泛出的油光，紙吸收了油漬，模糊一團。他一笑，一個乾淨的唇角俐落鮮明，再一次停頓，舉起他的右手，「等一下」，他說：「今天上課的，除了妳和彼得，還有誰？」

「楊、查爾斯、比爾、璐，小麥。」除了彼得之外，沒有新學生。

「那麼——妳和誰最好呢？」

我望著彼得，一封信、一隻貓，一張床。

「璐。」為什麼你還不拿出來呢？

「這樣啊，可是，這裡沒有這個人。」

我說怎麼可能，我可以明確記得她鉛筆盒裡面所有的文具，她的位置，她所說的每一句話。「妳又遲到了。」「妳不要太認真。」「不會，查字典對我來說很快樂。」全班只有璐的鉛筆盒裡面有小刀片、橡皮擦、直尺、指甲刀，還有那種會喀啦喀啦叫的自動筆。

我在桌子底下磨鉛筆，磨得細細銳銳。木屑一片一片在地板上，「璐，我會聽清楚所有的起伏。」給妳筆記，妳看，一點也不困難。她喜歡我，她是全班長得最好看的小孩！

櫻田先生從他的包包裡拿出一個熟悉的盒子，窸窸窣窣翻動囊袋的聲音，一顆尖銳的心，馬上就要獲得釋放。雷恩在說話，艾維在說話，過去的音樂記憶我們的事，而唱片還小孩子般地唱著，永恆被凝固的樂音。

「櫻田！」我溫柔地呼喚著。

＊　＊　＊

越過歲月的城，我們來到這，對峙凝望。

小吉，我的最後一道傷口，燒傷。我決定離開。我的地圖凌亂在地上，眾人大聲說話，珍妮堆積一塊塊的木頭；教室裡攜帶各種悲傷故事的人，盤踞不同的浴缸，我們在這裡操弄語言，望向斜斜天空，街道的建築好高，陽光如此稀薄。陰雲，我經常感覺要隨之擴散。

長得很像雕像的西蒙老師翻牌。在他走進教室之前，我就在等他。

這樣一個每天看著天空的人，交叉雙腿，穿著牛仔褲的背影。我又快遲到了，從西蒙身邊悄悄繞過：這個人在想什麼呢？他想要去哪裡？他是否能夠閱讀。在建築鷹架、停車場，拱門，你和我之間，封鎖的郵筒，一天一天寫下空白的訊息。

「大聲說話！」

「是誰弄亂的呢？」

「自然。」

「我的意思是說我們有很好的位置。」

一張一張紙牌從往日窗口翻過，我還是坐在這裡，沒有什麼不同，「誰還給我好嗎？」

我對h說：「我將要寫兩個一模一樣的故事。」看似相同，但有什麼不一樣。有人在意嗎？其實把結構說出來，等於中斷寫作。但是我是如此想告訴她。自由，我們終身嚮往又閃避的國度。

＊　＊　＊

Fred拉一把椅子，坐在長桌盡頭的浴缸上。事實上，椅子和他凌空。我是如此想念他，他看起來還是老樣子，一頭白髮，戴著我送他的帽子，頭圍浮貼著他皺紋臉頰。藍色的襯衫、白色絨布褲子，抽著一支上等雪茄。

我兩腳泡在浴缸裡，雙臂往後撐，「Fred，上面天氣如何啊？」

他說：「可以看到很遠的地方。」並且提議我一起來比賽畫圖。

「好啊。」舒服又溫暖的風吹過我們的肩膀。

他說：「我們來畫這個地方。妳先。」

我隨便從地板抓了幾塊石頭塗塗抹抹，衣架、樓梯扶把、窗簾桿、鐵道。阿烈斯在我的耳邊小聲提示，他說：「所有的情節匯集到一顆沉默的棋子固著。」

Fred畫一張紅色，根本像沒畫一樣只是塗滿，問我：「這是什麼。」

我說：「看起來像我房間裡的床單。」

我畫第二張圖，更快。只用單色，是我口袋裡的口紅筆。他把我畫的東西轉來轉去，歪著頭說，「這是什麼鬼東西啊。」

「就在你附近。」我說。

他從椅子下摸出一張教材，昨天娜塔上課教的，來自不同地方的同學描述天氣。四季指向北方。

他把椅子轉了一個方向，「這樣呢？」

墓園旁馬利的展覽，她老公死了，每天纏線，那邊的光線最漂亮，我頭也不回地大叫：「謝謝妳，妳長得真漂亮。」回音從裡面迴盪出來。「是什麼呀？」

俱樂部裡面有四張圖型，心理狀態是每個人在面對不同氣候時會做出來的動作。昨天上課，我以為馬修寫信給我，所以，我告訴Fred，我用口紅筆在農田入口畫一把傘，原始的圖像是，「陪伴。」

「你要不要再說一次妳剛才畫的是什麼？」

「只有悲傷可以完成。」Fred我的筆越來越短了。他說：「妳看，巴斯的溫泉也很不錯吧。」

Fred，這是你最後教我的事。

語言，有宗教嗎？

＊　＊　＊

今天是馬修的第二堂課，他左手提著收音機，右手拿一疊紙，走進五樓的時候，全班都在歡呼，他敲敲桌子說：「專心，聽力練習，主題是身世之謎，錄音帶將描述你們其中一個人。我們要找到他。」

他把紙張傳下去，要求每位同學把聽到的內容以最快的速度書寫，「寫完之後摺起來，丟到我的浴缸裡。」

每個人都在想，可能會是我嗎？

「開始。」當馬修按下播放鍵的時候，所有的人都屏息。

萊頓從收音機走出來，從皺巴巴的口袋裡掏出一張皺巴巴的條紙，吸吸鼻子，開始他充滿鼻音的朗讀：

父啊
萎縮的一道傷口。常常走進去
驚覺／陪你的只是一個午后

當風吹過樹梢，全班功課最好的雷恩首先交卷。

佔地最小的屍體，從電視機裡被搬出來
供人們指認
沿虛線
火的顏料輸送 最短一支彩筆

櫻田先生覺得單字有點多，請馬修倒帶，再播放一次；第二次聽到的又與第一次略為不同，櫻田先生略幅修改他第一次答題，「這樣啊。」他露出一個微笑，交出這樣的答案：

年輕時
我曾經死過
為正義而出征
同袍說幹得好
邊清洗血，邊說明
一切都會好轉

想到敵人的女兒
難免有一點傷感

夜晚習慣靠坐門板
砍不完
閃爍進屋的星光

新娘站在後方
父親的眼睛只看得見黑暗

即使崩潰也不受傷
我值得從天堂拿到一個獎

自從上一次上課過後，不知道為什麼，只要看到馬修，我就充滿交白卷的欲望。無論如何專注，總有一些強制隱諱的聲響，讓人聽不清楚又著迷。再聽一次再聽一次，充滿焦慮。

一聲又一聲
房裡／隻身的時光
滿室
腳步，總是讓我震耳欲聾

我覺得什麼都聽不到，浴缸裡的水越漲越高，漸漸濕潤五樓的樓地板。

隔壁的同學遞給我一張小紙條，他寫：「是我，我已經知道答案。」我好悲傷，他很憤怒。轉換，眼神在歲月之中增長。馬修抬頭看了我一眼，我彷彿感覺他在說：「這些年來，妳寫了什麼？」我在眾目睽睽之下，跑出教室。

城牆湧出一群又一群的白蟻，城牆內外的人物進進出出，失落的土壤。

＊　＊　＊

「我沙啞了。」萊頓垂垂自己的肩膀，肩胛骨轉來轉去，背有夠痠痛。

「可是我想唱歌。」幽幽說。

喀啦喀啦，萊頓從床底下抽出五張唱片，露出愛睏的表情，「今天不陪妳啦。」他說。

噢，一聲，幽幽自己唱起來。萊頓聽著聽著睡著。

＊　＊　＊

那一天晚上幽幽做了一個夢，醒來之後不斷哭泣，她所能做的，只有憑直覺衝到老安卓懷裡，「老安卓，我夢見你死掉了。」老安卓坐在綠色的大沙發裡，這個周末是樂透對獎的夜晚。

老安卓抱著我唱一首歌。歌詞的內容是描述一條長了腳的歌。幽幽飄蕩著，香甜地回到她粉色系的床。

「幽幽，」半夢半醒之間，她聽到萊頓的呼喚，轉頭打開收音機，「我好睏喔，萊頓，怎麼啦？」

萊頓指著床柱說，妳忘記放了。

幽幽穿著一件老安卓新買的可愛睡衣，上面充滿了小魚形狀的吻；把懷中的兔子和熊輕輕擱在一旁，一躍下床，從櫃子裡拿出一顆水晶紙鎮，卡住左邊床角。

「這樣床就不會飄走了。」

這晚，萊頓和幽幽睡得很沉，不過窗戶沒有被關上。

自殺者s進來，搖著幽幽的床鋪，一手把塵封的桶子輕鬆打開。

牙齒模型、一篇報導、一個裝滿生鏽廢棄捆筋的鐵盒勾出來。她搖搖頭說：「都是歲月的事。」便再次從窗口離開。

幽幽夢遊，巴斯第一天結霜的晚上，她趁著屋內所有人都入睡後，跑到街道上，拋棄了左腳拖鞋，「把你放在這邊。」幽幽對著住家隔壁停車場內少了兩個後輪胎的老車這樣說。

隔天一早，萊頓說：「你的包包哩？」他看著幽幽白色的腳。

老安卓說：「你的三明治哩？」她盯著幽幽只穿一隻拖鞋的腳。

她傻傻一笑說：「對，我怎麼都沒注意到。」

＊　＊　＊

我發現牆壁上有一個腳印，一腳踩上，六號鞋，尺寸吻合；一股力量沿著我的腳踝，將我拖進去。

一個飯店長走廊的空間，「打包、打包」微小的聲音從鎖孔傳出來。長廊上有無數白色門板，金屬門把上掛著房客的資料。「是誰在叫我？」一陣風颳起，我在風中回頭，門縫的呼嘯更為尖銳。來來回回，所有的房號都是數字七。

「我是你，我是你，你必須把我解開。」我把塑膠袋內所有的房客資料都抽出來，任何門鎖我都轉不開。必須知道裡面是誰。

這是一條紅色地毯，我喜歡地毯，喜歡謎題，這些都是不由自主的事。我可以聽見每一步，發出雨後草地泥濘的聲響；我在監視器的恐懼之中，迅速地得到名單。

我知道我有一間雙人房在這裡。但是永遠不夠安全。

東翼和西翼之間，溢出許多上上下下的電梯，彷彿在說，人生高潮迭起。我隨便走進其中一座，下樓，聽起來像一排字母的暗示，電梯裡貼著一幅海報，紅色的花朵有燒洞的痕跡。門打開，兩個人盯著我看的樣子好像在評估，而後讓我繼續。

我抵達地下室七樓，因為數字七是一種索引。這裡暗無天光，空間感有如一個曲折的迷宮，實際上，黑漆漆的一片，設計面積太為廣闊，只能憑感覺。長廊可以拔腿逃開，但是這裡，只有無止盡的空泛，沒有出口，什麼都沒有。

有腳，有路，卻抵達不了任何地方。

我腳下的地坪陡降，形成一個凹槽。我沿周圍牆壁摸索，水管、消防栓、玻璃與框架，地上有許多廢棄生鏽的網筋，這些物體的形狀，使我在這窄小凹陷之中感覺安全。

乍亮。

投影般的影像在整個空間裡旋轉起來，我抬頭，好像在看星象圖一樣，回到一個孩子的故事小屋。

＊　＊　＊

「精靈，妳怎麼會在這裡？」

我望著稀薄藍色與綠色的霧氣，在四周忽遠忽近，像有風一樣，使我頭髮飛揚。

畫室的尼爾，執一柄老燈，他在作畫。畫廊的最深處，一頭慈祥的白髮。歸家途中，我總會期待匆忙腳步中，能有一扇窗、一個頓點，讓我凝望。一個老畫家和他的燈光。我能記得額頭貼著玻璃時，冰涼的觸感。

他走出來，溫泉霧氣在他背後散開，一座清明的山，朗朗地開展。我們相視，笑了一下，

「可能是看了你的畫一眼。」我眨一下眼睛說，「想看看還有沒有新的。」

他揉亂我的頭髮，說：「妳真是很愛漂亮耶。」

尼爾旋回鋼琴位置上，「這是major-minor，」他重複一次我們第一天見面的旋律。彈指之間，他的臉色轉變成貓、阿烈斯、如蘭，一瓶牛奶打翻在地上，我在床上形容她們的長相。

「她們的影子上有妳的五官。我是先畫她們的五官，才畫妳的影子。」

「我想要再見到她們一次。」尼爾說：「孩子，妳已在他們裡面消失，見不到了。」

他轉身，漸漸隱沒紅色簾幕之中，他的背影鑲嵌，我的齒根在跳動。

燈光隨尼爾的離開而淡去消融，我雙手一撐，試圖跳出凹槽，雙手沾滿厚重的灰塵。我仍然被留了下來。我眼前出現一幅冒著黃色光暈的女體，懷抱膝蓋蜷曲著，她騰在空中，徐緩地旋轉。我的身體微微沁汗，她抬頭看我一眼的瞬間突然消失。我不知道她是誰。

但是寧靜的感覺，圍繞我的四周，好像我可以接受這間密室接下來會發生的任何事情一樣。我等待著那道冥藍色的裂縫，屬於貓的瞳孔，微微張啟。

我將信掛入藍色之縫。車站的聲音一點一滴反射到最好的收音位置。我能感覺自己的神色漸漸轉變，重新站在車站鼓動的大圓鐘擺之下。

「國王，我愛你。」

＊　＊　＊

一張床在角落，一個裸女，蒼白的肌膚，黑色的長髮，流散白色的床單，我們可以一眼看見，她抓著紅色床單的指節。另一個女人從她裡面站起來，首先分裂的是髮絲，從沾黏著黑髮，到佈滿密室銀藍色的網，她的骨頭非常地細，每一個動作都連動牆壁。

「我是誰？」當她站到我面前，俯視我的時候，披肩的藍髮柔順地垂在她纖細的骨骼上。我說：「妳是自殺者s。」即使她緊閉雙唇，我仍然可以聽見一首歌，屬於歲月的提問。

她伸出手。一根細長的木頭，漂浮在她手掌上，盡頭緩緩出現一團狀似紙燈籠的火燄。她看了我一眼，不知道為什麼。我離開凹槽，跟著她的腳步。她的腳步非常輕盈，我感覺地毯搔癢的感覺，但這是一個水泥堅硬的地板。

密室左手邊靠牆處，出現一道又斜又長的樓梯廊道，隨著移動，一個窗戶接著一個窗戶出現在牆壁上。因為窗戶的重現，老榕樹和七里香，也可以被看見。

右手邊牆壁一整面空白。「要放些什麼掛畫才好？」燈籠發出一些細微的聲音。

我想到維多利亞畫廊的畫，一幅一幅在這座長廊上對話。

女作家仍然頭也不回地往上走。

第一幅肖像是音樂家J，第二幅是阿烈斯的肖像。第三幅是雷恩帶走的畫。第四幅是鬼臉牌。

她仍然往上走，雖然沒有風，這麼一個安靜的時光。陽光穿過樹葉間隙，杏葉一片一片在窗戶反射陽光，波光淋漓。

＊　＊　＊

她把紙燈籠放在廊道盡頭，盡頭的白色壁面閃動紅黃燭光。就在這個轉角，又變成我一個人。我站在牆壁前，壁上晃動的光影，似乎可以發出熱氣。

我撿起一張斜倚在一塊一塊木料旁的平面圖，鉛筆輕輕淡淡地描繪出線條。

一邊是七間具有療癒功能的溫泉套房，一邊是尚未裝上玻璃的外牆。

中間是一條紅色長地毯。

外面的風景，像巴斯的山巒——在那一張椅子上，可以看見整座城市的風景——包括語言學校；外面的風景，像黑色的斜屋瓦。

山像亢龍，水袖如溪
又一片淨土，消失於市
街道時有人群聚鬪茶
城國之外，味道有如華香

每到傍晚，
女人在閣樓內裸體吟唱：
肌膚如寶石，髮如絲綢
小孩子永遠勇敢

傳說中一片樂土
溪流旁風偃茶香
整座城鎮冒著淡淡的薄霧
居民帶傷，但是他們微笑
毫無羞怯
相互一眨眼

便生出由天輔育的小精靈
鋪棉大床一樣柔軟
肌膚如寶石，髮如絲綢
山像蟠龍，水袖如溪

第一間房為我開啟，我又不由自主開始站在浴缸裡朗讀。只是是她，還是我？

接著走進第二間套房。一張長桌迎向遠方的風景，姑姑們繞著一個圓桌，摺出一個圓周的遊歷。

三個人坐在牌桌上。

「阿烈斯。」

「馬修。」

「艾莉子。」

我聽見他們叫著彼此的名子。

只要一句呼喊，便會有一個人成為對方的影子。

只要一句呼喊，三張椅子便會有一張消失。

只要有一句呼喊，便有一個人現形。

黎明時看見這場牌，聲音和景象相連，很像課堂上的連連看，景色千變萬化。

第三間房間開啟。空房間。

這一間空房間只有水龍頭拴不緊，滴滴答答落入浴缸的聲音。電視的雜訊不斷干擾著歲月的訊號。

「為什麼？」

所有失落的童年，只像一面滲水的牆。

第四間房間，我對著綠色爬紋的壁紙說：「我想母親並不愛我。」

第五間房，一把巨大傾斜的刀面，如剖面擱置房室的正中央，上面有殘留的菜漬。一條繩索綁住我的雙手，阻止我進入第六間房。

一對情侶在浴缸前抱著彼此，繩索在他們的脖子上。像秋日的珠寶，安安靜靜的歲月，沒有人張開眼睛。只是動也不動，現在看起來也像漂亮的擁抱了。

第六間房我伸出手轉動金屬門把。

貓小吉的照片高高掛在牆上，昔日的我躺在浴缸裡，充滿傷痕。我數著山巒上的花朵，伸出的手指有深深淺淺的抓傷。他喵喵一聲，又像撒嬌一樣，貓咪的皮毛撫慰著我，一隻濕淋淋的手從溫泉水裡面掉出來。

「錯誤，山間交錯的斷層。」

「我背叛了他。」

「什麼？」馬修說。

「我是他的土壤，她是我的花朵。」

他的指節敲在桌面上，整個山谷都在響。

第七間房，貼滿詩歌。這是一座城市的背面，所有不認識的陌生人在這裡交談。

＊　＊　＊

走出七間溫泉房間，是一個沒有機能的過道空間。兩個同學坐在他們的木椅上，溫習功課。一位是凡尼，一位是洛克，好像進入催眠狀態，娜塔還是面對窗外，時而轉向白板，告訴我們句子的輕輕重重，一顆一顆小豆子像帽子一般在單字上跳動。

Fred和h跳著光點之舞，這個教室有點擠，我們輕柔地跳舞，把薄紗吹起。

我摀著耳朵，模仿莫內的畫，一個稚氣的女孩，還來不及做點什麼，母親的面容已經像雕像一樣在急診室裡凋零。

我唱唱跳跳。

凡尼的指節在牆壁上敲啊敲，哼哼唱唱我歲月的歌，一張講義跟著腳步的節奏，在桌上呼吸，上上下下。

對面窗子
關上了
我的房間一片烏黑
打著星星暗號
山巒起伏
一間一間睡去

＊　＊　＊

一間沒有門板的浴室在過道空間之後，右邊一點。是最大間的。弧形景觀窗，正對巴斯的山景。

我可以看見幽幽穿著她的毛衣，帶著她兩大箱行李，來到一個完全陌生的小鎮。

當我看見石頭
改變了顏色
終於可以到你懷中休息
拉拉拉～～拉拉拉拉，花香撲鼻——

她只知道巴斯有漂亮的羅馬建築，一個大澡堂。所有她所唱過的歌，跟著她行李的滾輪，散落在她所來的途中，一個一個字略為翻起。

哼著歌兒，逗著蛐蛐兒，我夢見透明的花。所有大人路過的秘密，都凹陷下去；再探出頭來，又都長成細心照料的花園。你是罌粟或野薑，都行，都行。

她實在很愛旋轉，我看見她忙碌的身影，在山間竄動。整座山城聞起來像浸泡泉水之中，溫潤的香氣，我起身，跟著她忙碌的眼珠，把窗上的霧氣推開。

＊　＊　＊

馬修穿著他棕色的襯衫，黑色的西裝褲，在陽光下走上坡道。

幽幽在百年老樹下的紅色桶子裡，試圖發出一點聲音。紅、白、藍三色緞帶，在頂蓋上綁出一個工整的蝴蝶結。

「這真的是很熱的一天啊。」人高馬大的尼爾說。他總是穿著卡其紅色的外套，恣性又愜意，擁有全校最足以融化人心的溫暖笑容。

馬修提著上課要用的錄音機，走路姿態有點匆忙。

進入學校的坡道，有一條淺淺的溝渠，裡面自然泉湧的水，是足以侵蝕鋼筋的溫泉，高溫，所流過的渠道自然會越來越深刻。

「有你的信。」經過退縮的坡道之後，一整片平坦的停車場裡，櫻田先生泛出一個笑容，「請記得收取，馬修先生。」

他敲敲一顆石磚，幾塊石磚後退，他抽出一張卡片，把卡片夾入一疊挾在腋下的教材和劇本。一個禮物包裹，有一個銀製酒瓶塞，他摸過上面模糊的刻痕，「都是一些黑葡萄的事啊。」繼續穿過拱廊，撿起一個硬幣和一支羽毛。

一盆應該散發香氣的盆栽、一盆藥草植物，一個雕刻在牆上的浮雕，主教說浮雕不完整的足部是歲月的風化、侵蝕、毀滅。馬修觸碰，他老覺得這位沒有來歷的小姐，也許只是雕刻師重現。

他直接走進視聽教室。

豪華的簾幕，沉沉的垂墜感，所有的光線排擋在外之外。

這間視聽包廂，位於整座學校的核心位置，五點五樓，極為隱密。採迴遊式的動線設計，一邊展覽獎狀，另一邊是自然。

「每三十分鐘一次，」他坐在椅子上沉思，筆桿上已經咬滿深深淺淺的齒齧。「到底要怎麼把明、暗動線接合？」他思考著同學走進教室觀賞影片時的情境。

＊　＊　＊

「如何捕捉最黑暗的氣味呢？」

童年的棉被，我給你一個暗示。病奄奄的孩童，從韋伯的歌劇裡偷窺她沉睡的母親。

馬修丟一顆小石頭到螢幕牆之上，沒入，螢幕三喀啦喀啦地咀嚼起來，它從地上拾起樹枝。

「也許，也許女主角的性格應該是像一個走不出來的地方——」

萊頓說：「封閉的迴路。」

他對螢幕牆上所有內容如此了解，他看太多次了。沉默靜靜地播放。

「對，」馬修站起來走動，姿態有點焦慮，把手伸進螢幕三，「顏色不準。」他略微攪亂池中之水，雙方、兩邊，一個微緲的漩渦，一根針刺入水中。

「一個女孩在飯店裡，」他坐回位置上迅速地寫下。

萊頓說，「看看她在做什麼？」

她從袋子裡拿出一件汗衫，一個號稱自己來自東方的女作家，買了一件緊身的上衣，上衣的圖案是金髮碧眼的西方歌手，金髮飛揚，野性，有一雙彩色的眼睛。

她坐在梳妝檯面前，黑色的瞳孔面無表情，彷彿陷入鏡中。過了許久，她說。

「我必須羞辱我自己。」馬修潦亂地寫下這句詞。

萊頓在一旁唧唧地笑著。

她必須有一個舞台，比方說。

「一個十字街口作整個場景。」也許是等待，他很快地劃掉這一行。

一直轉不累嗎？

螢幕三有一個女學生，坐在離家不遠的矮牆凹落處。她手拿一顆從小巷裡拾起的石塊，數算山坡上來來往往的車輛，每當一台車往上或往下，她便劃下一筆。

第十七台車經過的時候，有一個老演員在她面前停下車，說：「有點冷呢。」搓搓他的手，把外套拉鍊拉上、車門關上，拿出一把傘。

第二十八台車行經的時候，雨落，「沒有人會來接我吧。」她的頭髮與天氣一起漸漸濕濡，這沒什麼，她丟掉小石塊。從石牆上一躍而下。

這裡有一條小巷，「父親雖然死了。」在那座山上，但是，「他走過的路我記得。」萊頓說。

女學生有一個黑色的斜背小包包，裡面裝一封手寫信還有一張票。雖然上頭有泥土和雨的痕跡，但是她收藏許久，在這一天被丟棄。無法言說，她特別喜歡撿這些東西，或者是從慈善商店裡購買一些嘴巴破掉、翅膀弄髒的鳥，這一類充滿瑕疵或汙垢的玩偶。

「紅色的羽毛給你溫暖。」馬修寫下。

「給你們機會坐在一起讀書。」萊頓無聊地接下去。

她走過人家的後院，沒有孩子注意的遊戲場。排水溝的聲音。圍籬裡面一張對折的唱片、公車站斷掉的紅色筆。住家隔壁的停車場，樹上纏繞著錄音帶，樹上掛滿白色的塑膠袋，在沿途噗噗地動。可有什麼訊號被長長地截斷。

馬修拿出剪刀，把色紙剪成形狀，梅花、方塊、紅心、黑桃。「把他們貼在白紙上。」

萊頓說，「給她。她一定會當作寶藏吧。」

幽幽從盒子裡出來，把她的玩具夾在路邊的雨刷。

萊頓唱起歌來。

我蹲在一戶人家的門口等待，有卡車運送蔬果，有接送孩子的父母，裝扮時髦的女士，「再也不會有更冷的一天了。」馬修寫下，這個女孩在角落燙傷自己。

✳　✳　✳

「萊頓，萊頓，我的心好亂。」幽幽說。

馬修從螢幕四裡抽出兩本書。

離開學校之前，我想找瑪莉安娜。

「我們禮拜一要離開了。」她低下頭，往巴黎路上的女士說：「通常不願意再回頭。」

我摸著我領子上的貓咪別針，一隻黑色的貓，在我的旅程上遊走，黑色的尾巴露出來，身上擠出一條釉彩。我把臉色朝向窗外。這位女士帶給我一點臨終陪伴的行李，我在前往戲院的路上玩貓，一步一步在對話。我們不在乎戲幾點開演，只有說不完的話，一起縮在一起，取街角的溫暖，一包老安卓給我的巧克力糖果。

「馬修，為我別上，別上。」她坐在陽台，在筆記本上寫下。

「那是一個犯罪故事，」馬修急忙跑回椅子上，萊頓接過其中一本書，開始閱讀資料。

「萊頓，萊頓，我的紅色毛衣呢？」幽幽穿著一件栗子色的線衫往上走。她很矮小大家知道，聲音也很細，整個山巒花彩，讓她暈眩。

「如果我瞎了，有誰願意在睡前為我朗讀一首詩呢？」馬修點點頭，把這句話加上。螢幕四的礦石越來越轉動，幽幽進不來，萊頓歲月裡的輕輕重重。

「孩子，到我懷裡休息。」自殺者S對馬修呢喃著，使他愣了一下。

萊頓仍然繼續讀稿，一會兒見沒人反應，抬高音量：「這有點平板。」

馬修突然回神一般說，「繼續——」

他在紙上劃出一大個圓圈，不停順著圓圈畫著，他看著自己剛剛寫下的疑點，「艾莉子離開學校之前，到底想跟瑪麗安娜說些什麼？」他描著問號的形狀，用筆尖重重地點了一下。

他站起來兜走，拿著筆向空中推敲，走到螢幕前，把水龍頭的聲音關小一點，「注意呼吸。」萊頓說。

「背叛，是背叛。」馬修複誦：關鍵台詞已經出現，我決定我們之間不能只有好奇心。

「她是我的孩子，我的角色。」阿烈斯摟著幽幽，沉入深邃林野。一個最簡單的教堂，石塊堆砌，推不開的地方，「疼痛，」瑪莉安娜想起來了：「石磚有這麼厚。」她用食指和大拇指比出厚度，所有的人繞著這個手勢之間的空繞盪。

「河畔繞過。」

「第六號棺。」

「水道河渠之間的人犯。」

阿烈斯抱著幽幽在山間行走，幽幽逐漸變成無數個短小的影子。阿烈斯提著空籃，搖擺著搖擺著，幽幽愉快地晃動。兩個人就要消失了。

「潮水將我們沖散。」艾莉子露出失望的眼神，「是啊，你也要回家了。」

＊　＊　＊

女作家出現在螢幕六，馬修所有的思緒停止，視聽室所有的影片也終止。

「你來啦。」

她也只會安靜地站在原地流淚，他夢中所有原始的情節。

他伸出手觸碰她的臉頰，眼淚滲過他的皮膚毛囊，一切一切。

「妳的眼睛好清澈。」

「告訴我妳昨夜的夢。」

馬修的聲音顯得悠長。

「他們分開了最後——」「因為他和別人睡——」「不——」「他愛上了別人。」

馬修，昨夜重複的序曲，悲傷的鳥啼，我是你腳下的一張日曆。

「我不需要妳的台詞。」

可是我只會安靜地站在這裡，消失。

＊　＊　＊

這四個小螢幕，是丘陵上，失落的小花，一些讓浪漫旅人彎腰的顏色和濕潤，充滿自然感的惶然。在陽光下閃爍，在來回之間翻盪。萊頓說，「誰敢撿起來。」

第十七頁，馬修把這一頁折起來，一些傍晚扉頁般的色澤在發出霉味的字裡行間，散逸夜燈的微光。「心理諮商師說，一段被拒絕記憶的台詞。」裡面卻都是眩目的陽光啊。

馬修覺得很奇怪，「這不合邏輯啊。」萊頓說，美好事物。

比方說，一首不再旋轉的歌。一首非關自己的詩。一個不屬於記憶的情節。

走道巨幅畫作，布匹的縐褶，刺雪的玫瑰未曾，另一幅春天裡潔淨的少女。她抖了一下腳步，匆匆走過歲月的轉角，雷恩的側臉介入，時間的航道。海倫說：「她講了無關緊要的故事。」「非關靈魂，零碎的細節在囊袋裡撞擊。」馬修很快地接下去。

「忽略。」好幾個同學靠過來，誰想當英雄？

「權力。」馬克說。那不是一個好字，艾莉子折斷一隻鉛筆。

一個緊湊的頓點，我握在手裡。而後，隨光線翻飛的白紙。

馬修從螢幕上一個不起眼的地方，撿起數塊破裂的音樂片，把他們放到另一個螢幕中。一個女孩在飯店的浴缸裡，不斷搓洗，她看著水，一次一次，聽著水流從洞口捲走的聲音。把頭浸泡，漂流的髮絲，電視的聲音像地底下的雷，一浮一浮沉沉落落。

這片土地龜裂，皮膚是乾燥的，窗外是飄流的雲絮，眨著列車的音節。

「她在做什麼？」萊頓一臉驚恐地不知所措。馬修說，她在洗澡。

「有人邊洗澡邊排泄的嗎？」如巨龍般糾葛的水管，輸送，「輸送什麼。」

馬修只是笑了一下說：「那很正常。」

天氣預報員的手在地圖上遊走，每一天的氣候冷或熱一點的。

「妳是否非常乾淨？」我看著無止盡的水從橋下流過。「我不能成為橋墩，只能被水沖走。」

萊頓打一個噴嚏，感覺有點冷，他說：「哪有人這樣洗澡的。」

＊　＊　＊

我和音樂家J走在秋天，一前一後，熱熱的空氣，和清淡的風，一條溝渠通往痲瘋病人探出頭來的長窗。櫻花還沒有開，沒有人知道要說什麼好。「那是什麼意思呢？」

我在乎你的名字，發音、來源、意義和，「什麼在小路的盡頭？」一個湖，所能繚繞的。

「艾莉子，那是美。」

一陣微風吹過，青嶺的味道，進入我的鼻子。我深深吸一口氣。幽幽一高興，便跳到已經圍起的欄杆上，輕輕唱起——

當我看見石頭
改變了顏色
終於可以到你懷中休息
拉拉拉～～拉拉拉拉，花香撲鼻——

「妳喜歡跳什麼舞呢？」馬修按了暫停，一個女孩戴著耳機站在浴缸裡。那小小的浴缸早就沒有水。就像——羅馬浴場。

他把信封打開，一疊照片掉出來。

＊　＊　＊

二〇〇六年十一月十二日我從地上撿起一張不屬於我的票卡。周末城裡的音樂，從公寓的窗子裡傳來。我坐在石階上，食指沿著截斷的邊緣刷過，「終點——發車時間」都有了，背面是我從沒有走進去過的地方，「也許是有效期限。」

票卡上有著腳印，我輕輕地摩擦，希望這些步伐，可以轉印歲月的截角。月光、公寓的光、映照我背影的，未曾投影於我的古典水晶燈罩，垂到接近桌子的高度。

教堂鐘聲像一隻布穀鳥飛起，廣場上一個一個腳印走來走去，一腳混亂地找尋另外一隻腳。

我的影子在閱讀之下，拉得這麼長。

男人把窗簾拉上，像一個陰暗的截角。

他知道我在幹的好事。

「幽幽，不要，那不是我。」

馬修把信放進門裡。

一封卡片掉到地板上，我在階梯上，撿起一張充滿洞的講義。洞口既黑又焦黃，字體凹進去又凸出來，一雙黑暗的眼神從紙頁裡抓住我的心臟。

「混亂的練習。」（practice）

我打開飯店裡第一個住戶的帳單，在水管上打一個繩結。

經理說：「妳裸體在廁所裡被發現，但我們會替妳付帳單。」一個法國男侍者端進房裡一些三明治，他鑽著軟木塞，鑽得緩慢，紅酒的味道散溢……

艾莉子蹲在一盆假花面前，鼻子靠花很近。捧起來嗅著，她的鼻翼輕微歙縮，「花朵聞起來應該有香氣。」顯然非常滿意。

海倫的腳輕踏著地板，娜塔在這條長長的街道上走著，一顆顆黑色的豆子像族譜般，從她的袖口掉出來；一條冗長的狹巷，排滿清晨落下的，微薄的雪。馬修說，「萊頓，這邊停一下。」

歲月的背脊。

＊　＊　＊

連續零災害三百四十四天。

我從坡道上，乘腳踏車，以最快的速度滑下，聽著腳踏車鍊子撥動齒輪的聲音。

「頂上——中間土方——螺栓——屋樑——」

很久很久以前，我們說。

說我們有一個夢，是真的，這麼高，有流線和琴弦，陪伴所有穿梭夜色的歸人。

我們說，說了什麼？異鄉人。說所有流離失所的時光，站在指間流淌。

說國王指著的遠方，像一座崗哨。管理員今日休假。

約翰帶我走，「這是假期。」他寫下：商業旅程。商旅，我看著他移動的左手，幫我填好所有空格，我是在發抖的。他把我從加油站米袋之間撈出來。

「可是英國不會有米袋啊。」萊頓忍不住指出不合邏輯的部份。

「那是什麼？」小螢幕三——碎鼓（槍響）。

「那是什麼？」小螢幕二——碎鼓（槍響）。

「那是什麼？」小螢幕一——碎鼓（槍響）。

萊頓被突如其來的連續斷裂聲音，嚇得左顧右盼。「從哪裡傳出來，嚇人。」

監視器掉出來三個碎玻璃杯，在地毯上。他走來走去，可是走不進去。

他從地上撿起一塊往日碎玻璃，螢幕上的都不是現在。

「來啊，來找我啊。」一個穿著棗紅色線衫，黑色長裙，綁公主頭的黑髮學生，背著他在草地裡奔跑。

逐漸逸失的流動在風中飄揚，飄落旋轉的桃色花瓣。

＊　＊　＊

第一個調查員走進來，他對著床上的女子說：「妳想要找誰談話。」

散落的玻璃，丟失的鞋，開敞的浴室，泡水的詩集，廉價的玩偶，凋零的世界，只有陣陣槍響。

「我想要找我的同學。」

我開始在逃生門之間的梯口奔跑，累了，就對著空氣廣播，一段新的故事飛走；腐敗中的美感，太亮的燈光，無法使我微笑。

開口與開口路途，偶爾碰到幾幅仿畫作，有些古典建築，有些巴黎名畫的複製品。在陰暗窄小的逃生路，斜斜掛著。我撫摸，停下來導覽，「街燈——馬車——流水——帽子咖啡杯」。

櫻田先生在通風口跟我打招呼，那裡熱騰騰的，他仍然是拘謹而貼心，由衷地嚮導：「我來做主謀，妳去，因為不會有人懷疑的呢。」

瑪莉安娜的口風琴，在蘇格蘭的笛聲中高歌：「那是一張鬼牌，一張鬼牌。」

最後，總會抵達大廳，刺眼的路上漆著白色油漆，水泥之爍，非常粗壯的字體，ＥＸＩＴ。

馬修聽到這邊，便把電視牆關起來，閉上眼睛、雙手頂著下顎。

＊　＊　＊

在機場把天使懷錶拿給姊姊的剎那，我明白我已一無所有。當我輕快地問雷恩：「現在幾點了。」他們無法觸碰一整塊的剝落。

武士蹲在浴缸裡擦拭磁磚。夜晚，白日，挽起的褲管和沾滿泥屑的皮鞋。我們如陌路人一般擦身而過，我醉得飄然，無話可說，縱然這是一個精神治療的夜晚。我們共聚一個圓桌，傳遞菜盤給身邊的人。

「再見了。」武士說。

我繼續往坡道上走，小廝們一個個尾隨武士反向而去。歡樂的時光，在那卡西樂手一生中度過，我坐在國王的密室裡，滿室安靜。他的手錶無法鼓動。我說：「搖出一點日子吧。」

「六年後。」萊頓說。

言魂六術士都到齊了。缺席的字母，從空白的格子裡浮現。他們的手扳在背後，嘴裡含著泉水，昔日地板像起風的池塘，泥漿和楓葉捲在一起，蜂巢一樣嗡嗡地響。

「自由與宮廷，自由與宮廷——」異國兩幅肖像被吐出。

「越悲傷愈美麗——」

「悲傷刺入沃土——」

「凹槽死了一個女作家——」

「起風了——」

當他們交出陶笛、袖釦、指揮棒，結局已經寫完。

一隻傷貓拖著春天，穿越隧道，抵達最大的開口。它逆向而撫，只為了活。

馬修解開謎語，國王、艾莉子、六術士、阿烈斯、音樂家轉過頭來。

語言學校消失。只剩下校園的鐘聲響徹雲霄，穿過田埂，渠道，天。

* * *

馬修的思緒暫停。

他打開擱在一旁女學生的信，出現她手腕上的一道自殘割痕。只是一條紅線。

一片漆黑之中，萊頓閃動著貓眼。

「她在哪裡？」龐然深夜，旋轉木馬般的韻律。

一些未熄滅的灰燼，落入毛毯。

「我是一個女學生，在巴斯就讀語言學校。」

「那是一個很美的山城。」

「三個月怎麼跟三年比。」

「英國還是英國人？」

「他是英國人，但是我的英國。」

「那是英語學校。」

「就像——就像上下學你會和一些人，建立微小關係。」

「微小。」

「謝謝。」

「這是哈洛茲百貨公司，妳知道嗎？」
「我有一個朋友住倫敦。」
「賭場。」
「倉庫。物品在這裡裝卸。」
「如果你想要謀殺我，可以把我放在這裡好幾塊。」這是我第一眼。
「妳知道這個字的意思嗎？」
「洞。」
「穿舊了。」
「他是一個魅力人物。」
「魅力——」
「對，像這樣——」我把兩手做板塊推擠的動作。
「我想他們對我的態度是因為他，然後又會因為我的反應……」
「因為你一個人，妳知道嗎？一個人、獨自、無依無靠，不屬於任何人。」
「一隻龍、沿著。」
「自雇者，我們有三到五個人，越過三分之二區域。」
他把報紙甩出去。
一路上建立的微小關係。Flappingsaved　　。

甩出去，一份對不準，歪歪斜斜地。

緩緩上坡，停車場一個老人走出來，他們交談兩句。

「當然，這是買給妳的。」他把螢幕緩緩關掉，車窗緩緩搖下。

「妳要去哪裡？我看起來像壞人嗎？」

我猶豫了一下，跳上車，「有一個布里斯托的街頭藝人很奇怪。」

「就是一些微小的信任。」

金黃色的柳橙汁，一包小的菸。金黃色的罐子，又冰又甜的飲料。我站在冰櫃前，一瓶瓶飲料。

「像這樣。」他把菸灰點在車子裡面，我看著地上一些灰燼，他說：「當然，這是買給妳的。」

因為沿著街廓走了很久，感覺不到時間，天色顯得旋轉木馬，我所有的心思都在報紙上。

「妳為什麼突然這樣！」他把方向盤鬆了一下，整條路都在滑。

一個慶典，我們把色紙一張一張拋出去。

羅夫以為他是駕駛。

「我的姪女。」妹妹的照片。

「九年。」

「哪裡人？」

「還沒。」
「我看起來像哪裡人？」
「妳知道這對一個學生來說很貴嗎？」
他的椅座很高，自從到倫敦之後，我很習慣把膝蓋彎成三角形，腳跟有一個地方頂著。
我的手常常不知道要放哪。「妳的手很冷。」
「為什麼染髮？我以為它應該這麼長。」
「我們走這個方向，很自然。」
他鬆鬆地抱著我，我讓他摸我的頭髮，雖然我很緊張，我聽到他呼吸的聲音。然後慢慢把我放開。
「不論你是不是我想找的人，或者你是不是他的朋友，我有一件事想告訴你。」
「那時候我很痛苦，但是人生要繼續，」整個倫敦看起來就像這樣子。
「你知道嗎？她最後的一句話，是放棄。」

＊　＊　＊

有時候我只是躺在浴缸裡面，看看那些漂浮其上的鉛體字，能不能刷破、咬走厚重的靈魂。有時候站在陽台上，有沒有可能盪出去呢。機場的光潑在我身上。一個女孩在牆角，把風衣的袖口燒破一個洞。「如果沒有末班車，該怎麼辦？」

廣播提示一班一班，準時起伏的跑道，有些隱沒到地底。

「幾號？」

「我把它丟了。」那不是我。被摧毀在無人認領的機場大門。一台一台推車在叫，水壺裡的水已經燒開。野火燎原，我踩著腳踏車，無法將城市走空，一張紙屑飛起來。

玻璃帷幕上紅色藍色的血管，鬆軟地倚著我的肩膀。

老倫敦從地道裡繞出來，我正在閱讀地圖。地點和關係不斷連結，破碎河道閃爍著建築之光，一顆小石頭衝進水裡。他的圍巾、隊伍，所支持的項目都被嚼得碎碎的，一段疾駛而過的色彩，我吞嚥著，彩色氣球模模糊糊地穿梭。

三個老演員，掉了牙齒、破了衣服，忘了樂譜，在圓桌下拍動他們的腳。女人在吧檯調酒，攪拌新鮮的果汁。一滴一滴蒸餾，自海報上的drops流淌，金色薄翼般的光束，從屋後的長窗流進來。

我們默念傍晚的地圖，一個一個飽滿色彩的圖針，把世界釘在木頭桌上；渴了，便用手指沾一點汁液。我抽到一件樸實麻褲，一截長度在鏡中鬆鬆垮垮地摺起，那些小針刺著我的腳，讓我一高一低跳著。

「妳喜歡倫敦嗎？」

「我還沒決定。」一頂訂做的帽子，寄放在夏日的春天之巷，一本階梯上的字典，口袋裡的工具尺纏著那些波光閃閃的貪婪。

公寓裡盛大的宴會，我沒有收到邀請函，即使我在火車上解出了地址。我收到暗示，把所剩的東西一件一件沿途掏空。我擦著起霧的鏡子，錄音筆丟在公墓，一隻松鼠幼鼠啪拉啪啦地指出方向，如果凡尼畫的松鼠會講話的話。鬧鐘在草皮上，滴滴答答地掙扎。唾液是這麼濕潤。

一隻名為臘腸的黑色瘦狗跑出來，只有骨頭一樣飛奔。渾身是傷的夜晚，無所謂靠近或離別，只是奄奄一息地穿上。我們從口袋裡拿出三明治，一口一口分食。皮球這樣跳躍，滑稽的夢飛盤一樣旋轉。

她看著我，他看著我，我們沉沉地敲著地板。沒有人想要抽身。

我把口紅塗抹在土司上。安靜地放下頭髮。數著前方的燈影，無疾而終。他躺在浴缸裡，水流擦乾他的身體，擰著髮辮。我們站起來的時候，誰也不認識誰。

* * *

馬修從簾幕後找到另一只鞋子。把卡片塞回紙頁之中。

蘇格蘭警察把白色被褥蓋起來，「很美。」他說。偵查員拔下眼鏡。高大的黑人警衛放低音量。女官詢問牆壁上潦草的字跡。機場是一條很長的隧道，我拖著兔子的手。

「我們決定不要去更遠的地方了。」

萊頓唱著歌。

他確定燈熄了。

從視聽教室到馬路間，我們牽手走過的臨時棧道，封起這一間秘密的樓層。

櫻田先生在溪聲中打招呼，「辛苦你了。」尼爾抱著新生女兒傻傻地笑著。

夏天到了，幽幽坐在樹枝上，跟著蟬聲起伏做足表情，耳朵動一下，一朵大微笑，透明的眼珠。他揉亂她的長髮。

他曾回頭，一張照片，陪萊頓，他仍然可以憑著記憶抓出不準的音。

03　皇后廣場

04 島小姐

「島小姐的歌聲真是絕望啊。」武士浸泡在大澡堂中回憶。

一邊的小廝說，「充滿了青苔。」歌聲中充滿青苔的感覺，這麼不舒服。

石路上噴起小石頭，島小姐輕柔的舞衣。

所有沉重化為蜻蜓一樣，晶亮的金粉。

「因為只有她會用這麼直的聲音唱出『蝴蝶死掉了』。」武士的臉，因酒酣或泉香而泛紅。

巨大日頭進入熱鬧的澡堂，木頭卡榫滾動。

浴中的臉拍打蓬鬆。時間的孔隙又蒸發了。

＊　＊　＊

島重返櫻花床，孔雀般尾翼拖滿泥濘。長廊上留下汙穢的汙漬。一横一横地。

所有人都習慣了島直的唱腔，「蝴蝶死掉了」——習慣了她一晚的華麗。

隔天，島小姐便會夢遊般地走過木長廊，面無表情又像笑一樣地迎向廊道盡頭，「那裡有光，早晨了。」她說，邊摸著粗礫扶手，旋下臥房。

「沒有一件衣服能乾淨過一天的。」武士說，那並無損。

＊　＊　＊

貓兒的毛皮，八字狀穿梭島小姐腿腹間。她回到房內。

她梳頭，她搖晃雪球。

雪球安靜上揚，又緩慢落下。

脫下五顏六色的法術，島覆蓋上一條無論什麼日子，都搓揉皮膚的棉被。

入睡後一條火焰拱起。

「妳去哪了，河茜。」

「我去井裡面撈一些東西。」

「遠嗎？」

「不遠，就在後面花園裡。」

黑暗伯爵把青苔抹在河茜的聲音上，一陣清涼的感覺梭過島小姐的喉嚨。

島小姐從夢裡竄出來，穿過大澡堂、石塘、木廊道，蓮池。

一把刀刺入夜色的盡頭。

井裡水冒著泡泡。

青蛙無助地叫著：「島，是早晨了。」

＊　＊　＊

武士聽說島小姐晚上會搖著槳，越過一條粉紅色而充滿彈性的河流。這河流就在望月齋後花園，後花園通往島上白色閣樓，閣樓窗口透出紅色的燭光。而螢火蟲如燐火在閣樓周圍跳動，看似一叢一叢綠色的鬼火。

武士所知道的也就這些。

黑夜伯爵的指環，在島的邊緣浮動。那些冉冉窺伺的暗礁與水草。

島上的路盡是泥濘，「聽說，腿一點一點陷進去，滑動的泥漸漸乾裂。」武士說。

「斷斷續續的，真的很恐怖啊。」小廝有一搭沒一搭地幫武士擦背，水痕沿著武士的背筋滴下。

澡堂裡的熱氣烘得小廝額頭冒出汗珠，「那不是絕路嗎？」

「是啊，她居然奢望能走進去呢。」武士定定地望著窗，島小姐迷人又絕望的步伐。

島第一次穿越這些條泥徑的時候，也是眼見泥巴一塊一塊從皮膚上乾裂，好像要帶走什麼似的。

黑色天空，暗紅色燭火，「黑暗伯爵！」島拉起裙子，這麼美的刺繡裙襬，沾到泥，似乎有點可惜呢。

野草生得高高低低地，又刺又癢，針扎般催人移動。

海鳥尖刺的叫聲隱隱騷動著。

這些泥徑，通往每一個方向，使夜晚生長。

黑暗伯爵的手放進去小徑，一點一點泥濘慢慢爬上他的手臂。

島在迷惘中行走。

每一條泥徑走過之後便擴張，像粗糙的繩索圈套住島小姐的腳踝。

島小姐蠻橫地往閣上紅窗前進。這麼遠的距離看過去，應該是一個小男孩的下半身靠著石壁。一晃眼，黑暗伯爵和小男孩的下半身，又不見了。

＊ ＊ ＊

她習慣傍晚醒來，仔細地把鴛鴦薄單摺疊。讓人描繪。

島小姐的歌舞總是如此日復一日開展傍晚。透金飽滿的黃昏，穿透食堂上的西洋彩繪。舒適又愜意的晚風，吹進窄小的入口。軍官們開開心心入席，有的套襪，有的赤足，大伙兒盤腿坐在寬敞的檜木地板上，等待新的表演。

島小姐的貓兒摩擦軍官的腿腹，每一次表演均由此展開。腳上的鈴鐺，叮叮噹噹，清脆地碰撞。歌謠輕輕唱著：

月光，潮水，和你
細雨迷離，山中香氣
午夜時分
月光，潮水，和你
這是我為你保存最後日記

這場演出幾日後，武士被人發現死在溪旁，全身光裸，皮膚上泛出一塊一塊不規則紅腫。

＊　＊　＊

潤仁七年，桂花巷氣味最濃烈的一年。

居民慣常穿著樸拙的亞麻衣上街遊逛，販子的鈴鼓聲，一響一響地。作女頭纏布飾，烈日下耕事。男人傍溪而坐，無所事事，一幅安逸生活之景。街廓上排樓觸目所及，均由自然材料做成，加上閒散的生活步調，給外來人的印象，反而悠慢地有一種古怪的感覺油然而生。

桂花巷最大的事情無非是一年一度的選紙會。

商人的攤位通常只有一張桌子，桌子上只有一件物品。對這件物品有興趣的人，便會與該商人攀談，聊得有趣，商人才願意打開抽屜；抽屜只有一層，不斷往後開展，直到客人看到喜愛的段落，該圖案便會跳出來，成為桌上的一張紙。

刻紙便是桂花巷裡唯一嗜好。也是唯一色彩來源。

望月齋裡的表演，對一般閑民來說是遙遠的事，那是軍人的地方。如果島小姐想要選紙的話，通常站在長廊眺望，她點到的位置，紙緞如輕薄透明的河流，蜿蜒到她的房裡。這時候，居民抬頭便可以看見整片天空，疊上島小姐指定的材料。

天光跟隨紙頁內容溢出不同的色彩，起起伏伏地晃動著桂花巷的天空。

而後，商人掉在地上，變成又薄又脆的紙娃兒，由物件壓著。

島小姐轉身，坐伏案頭，開始刻紙。她的刻刀是特殊銀質和琉璃雕刻而成。島的鏡子，垂直於長長的桌子，她坐在桌子盡頭，對著鏡子刻紙；她刻一條魚，窗戶上便浮現一條游動的金魚，一條龍，龍便臥在山頭。

「島，該停了。」蘿說。

島踩過一地碎紙頭，無神無色地躺回床上。慢條斯理地打開竹雕木盒，棉被搓動著她的皮膚，皮膚上的疙瘩一粒一粒顯著地浮現。

桂花巷安靜地令人發慌，居民過著鬆散的生活，商人搖著鈴鼓，婦女把幼兒挾在腋下過街，男人們在溪畔沏茶、食蛋。

＊　＊　＊

黑暗摸索之中，島小姐看到一位少女繞過朴樹林間。她拿著一個澡盆，頭髮濕潤，空氣中飄動香氣。簡單的和服，蒼白的腳踝。水聲汲汲，少女涉過泥叢，卻毫不沾腳。

她好像呆了一下，徐緩轉側身來，月光在她側臉，寫下不可侵犯的弧度。

「很久很久以前，他的名字──灰眸，」

「灰眸，我勇敢的族人，一起走過戰壕的時候，我們沒有太多害怕。」

「有的時候，路很漫長，但是兩個人一起走的時候，時間會消融。對於樹木的恐懼消失了。那些巨大的臉孔，如仇恨般糾結的根虯，在他呼息聲中，不再瞪視村落。」

「只要看著他，死亡之母垂憐風中每一絲靈動的靈魂。」

「他並不知道。有時我覺得，灰眸的勇敢真是太過單純了。但經常在舉步之間，我感到如此脆弱的是自己。」

「那是一個沒寫完的故事？」島小姐追問。

「他的名字未完成。」向原小姐望著天空，滿天棉絮透著光，而一大片追著一大片，有著具體的形狀。

＊　＊　＊

我仍牢牢記得，傍晚墮落的景象。

向原小姐繼續往朴樹林裡面走。藍青色背影。她去的方向如隧道一片漆黑，越來越窄，包覆她整個纖小的軀體。

島小姐緊緊抓著胸口的白玉菩薩。

眨眼間一團火苗燒開，眼前紅火簇動，越來越寬。火炬中，使兩邊清楚了。

巨大的芒草夜風中搖動，逼人矮小。

她摸著焦黃草絮呆坐，等待溼氣沾滿雙手，露珠溢出莖梗……「島，是早晨了。」

＊　＊　＊

島小姐的嗓子，略為沙啞，悠然低鳴著。

向原小姐的故事在走，她就在這裡溫柔地說。

你們不要怕我。

伯爵說：天是亮的。

啊啦啦～～～啊啦啦～～～

帶病寫作是一種罪，啊啦啦

可是別怕

島我在唱歌，唱歌

烏黑的食堂裡，幾盞簡單的燭台放在地上或由侍女提著紙燈籠，這是島小姐的規矩。從傍晚開始等待，陽光運轉，直到一切模糊，她是唯一的焦點。人們來來去去，個個長得差不多，一樣的軍裝，一般的娛樂神情。銀光色的軍人號誌。

今夜的表演有一點不同，藝女的直覺。

表演必須進行。時間不一樣的。她看到一雙藍色的眼睛。

島小姐走音了。

靈魂
劇烈相認
戰與逃，後來
血雨

她看過很多挺拔的軍官，有漂亮的舞衣，引人的步伐，但是從來沒看過長有藍色眼珠的男人。

一個特殊的迷。

長長的雲袖，輕柔地擺動，她走到他的位置。食堂安靜無聲。

島小姐以跪姿待在他身邊，什麼也沒說，只是深入他的眼睛。

＊　＊　＊

沈姨從櫃檯一路碎步過來，「怎麼會這樣，島上台從來沒有脫序過。」

「你們沒有人拉住她嗎？」

「大家嚇壞了，而且誰敢說島小姐一句。」

「她就愣在那兒啊？」

「直盯著人家瞧呢。」

「有沒有說什麼，臉色看起來怎樣？」沈姨也急，島的性情，唉，她只會唱歌、刻紙，平時沉默異常，幾乎不說話，對客人和鎮上的事，也不怎麼好奇，今晚這樣確實是連沈姨都吃驚。

「鈴鐺呢？」

「鈴鐺跟在她身邊。」

沈姨盤算著，這樣也許還在控制之內吧。

「伍綱將軍今晚有來嗎？」這是最重要的事了。

「不但有來，而且外國人就是伍將軍的客人。」

沈姨想到這個畫面就頭疼，「戰事如何？」她嘆了一口氣問。

病床不夠，傷兵呻吟，如野火燎原，厲鳥淒鳴。

「圖呢？」沈姨大喊一聲。

＊　＊　＊

沈姨走進食堂的時候，光景一如往常。

軍人酒酣耳熱，映照人們的臉。清酒一瓶一瓶，從布幕上肉色的釉裡紅陶甕引出倒不盡的春水。

她走近伍將軍，卻沒有看到島小姐。

伍綱手一攬，抓住沈姨的衣袖，「給妳引介我的客人，這位是梅——」

「爵士梅。」

沈姨全身緊繃，回頭看了外國人，拘謹地點頭。她機警地不提，這不是個適合多話的局。島呢？

「你要的山徑圖在這裡。」沈姨從袖子裡抖出一張老舊的地圖。畫中每一口井冒著淡淡的酸味。

小廝們由女侍領著，魚貫地走回浴室。侍女們端著溫熱的毛巾，服侍軍人們的毛髮。一場又一場舒服的饗宴，再度在望月齋熱鬧展開。

* * *

伍綱、梅和沈姨在食堂裡全神貫注地走圖。

落葉抖滿室，婆娑作響，起落聲響，灌滿屋簷。

「兩百年前，這裡有鬼湖才是。」

島暗示。

島把硯台從花園裡挖出——地圖上倏然湧出黑色的泉水——浴室裡的毛巾突然變色，一塊一塊不規則的紅腫，從軍人們的皮膚浮出。

「坐舖的窗口停著一隻石雕鳥。」

眾人看一眼，繼續走圖——

島小姐划著槳，抵達島。黑暗伯爵用金色指環，兜繞著島的槳，與月光對流。島小姐把繩索放在地上，用銀湯匙掏出一個金色的傍晚與黑暗伯爵交換男孩。

* * *

灰眸，向原一生唯一愛上的男人，是她日落時分創造出來的角色。也是她墮落的那一天。

他來到這個村子的時候，一切都是混亂的。這是向原小姐所處的時代，每一天的日出連續取消，沒有人看過日出，聽過有這回事，但也沒有人有能力探究。

灰眸從山丘上緩緩走來，虹霞雲彩烘托著他。這是他第一次出現在村落的光景。

向原站立老樹鬚根下吟朗故事，傍晚的風徐徐吹著，貧窮彷彿在故事的安排裡，隨風而逝。

「巨大的白蠶，發出螢綠色的光，纏繞欄杆的木頭柱腳。他們無聲要求更多的腳踝。

英勇的賀手將軍守住最後一閣，但是黑色斑點面積在他臉上擴散，人人憂心。這種怪病將帶走賀手的生命，家也要隨之陷落。

年輕的男子一個接一個不聽指令，走出賀手鎮守的閣，一去，當然失去腳踝；既救不了賀手，也沒腳回閣了──」灰眸的身影漸漸清晰，幾個孩子發現他，朝他奔去。

沉醉在故事情緒裡的向原，闔上書本；她望著孩子奔去的身影，鮮豔飽滿的衣著在草原中波動。他穿著麻色衣衫，有一雙灰色深淺的眼睛，「您好，我是灰眸。」

一個恍神與一陣暈眩感，她搖晃了一下。孩子又叫又跳地，他們赤腳踩著草皮的摩擦聲響，以一種雀躍的姿態，在大地迴旋，這才使向原回到現實。

這樣一個貧瘠的部落，有陌生人來實在是很稀奇的事。比故事更吸引人的劇情。

男人好像沒看到向原似的，自顧自地從包袱裡拿出一粒一粒圓形小糖果，他蹲下來與孩子們講些什麼，聽不到。孩子一拿到糖果便往嘴裡塞，開心地笑，完全被籠絡了。

其他比較膽小的男生，女孩子也一哄而散，一個一個離開向原的故事樹。

向原拉起長長的裙擺，往男人走去。她看著他，他露出有禮的笑容，一點也沒有打擾的意思。從口袋裡拿出一條手帕，急忙地把手帕打開，露出兩塊髒兮兮的東西，對著向原說：「這是很好吃的外國糖果──巧克力。」

向原的眼神停在那一雙還沾著泥土的手。這放在潔白手帕裡，所謂叫做巧克力的東西。

璐西拉著向原的衣角，她是村落裡最會畫畫的女孩，只有六歲，不太會說話。向原可以感覺到衣角明顯地抽動。

她把巧克力接過來，彎下腰，把巧克力放進璐西的嘴巴裡。璐西嘴巴才剛閉起來，馬上露出甜美的笑容。向原用指尖抹了一下璐西的唇角，咖啡色留在她的手指上。

向原回身站起來，仰頭對灰眸說：「我是向原。」

＊　＊　＊

「河茜，來不及了。」

黑暗伯爵的呼喚聲穿越河道，在河茜耳邊呼息。

島小姐憂傷地擺動著船槳，水波濺到她的衣袖上，月光依舊，她很倔強。

「湖水已經乾涸。妳到不了這麼遠的地方。」

島從盒子裡取出刻刀，一把一把割斷長髮，每一刀都直接。鋸齒狀凌亂的髮線，混雜暴雨。一揪一揪的頭髮，漂流河水之上。

窗格上的石鳥，追蹤水紋離開。河道的疾風勁雨，使牠的翅膀沉重，牠叼起島小姐四處散去的落髮。突破早晨，停在半降的窗口。

＊　＊　＊

望月齋食堂颳起一陣怪風。一根一根髮絲跟隨風，有一搭沒一搭地在地板低低盤旋著。島小姐的影子從長廊涉過，一坨一坨泥塊掉落在她的身後。她迴身而下。

從長廊回閨房的樓梯轉角，沈姨重新放置一面橫向鏡子，正好折射島小姐白嫩的腿腹。

僕人已經準備好一盆熱水，擱在她的床邊。島小姐坐回櫻花床上，雙足浸泡在熱泉之中，肌肉逐漸鬆弛了。四周地上散落五彩的碎紙頭。她靠著床板沉沉睡去。

食客在傍晚一批批抵達。

女侍和武士們的腳步再度交織出食堂傍晚的節奏。

祖婆婆搖著竹篩：

脆玻璃晃
心臟很擠
流離之光
弄痛了我

沈姨催促蘿整理島小姐的頭髮，「怎麼搞的。」她也不說島一句，儘管對著蘿叨唸。

島心不在焉地說出晚上的詞，才讓沈姨安靜下來。

＊
＊
＊

「咖擦——咖擦」蘿不發一語為島剪髮，撥著島的耳刮。鏡子裡的島，看起來就像無辜的孩子。真討厭啊。

蘿是桂花巷一流的美容師，長得絲毫不若居民；五官深邃，高挺的鼻樑、凹陷的眼窩，膚色黝黑，惟獨薄薄的唇有點村裡人的模樣。她比島瘦小，根本只有一把骨頭，黑色短髮俐落地服貼著她有稜有角的臉頰。

蘿終年只著罩衫，領口繡紅色、黑色、藍色三飾紋。進入望月齋以前，一度是桂花巷裡喪失身分的遊民。

＊　＊　＊

灰眸跟著向原的腳步，離開翠綠、開滿花朵的丘陵，走進小鎮。

小鎮的街道彎彎曲曲，零星的房子，由紅磚砌成。大橡樹和池塘包圍住城，是一個自我封鎖的古老地方。沿途鮮少遇到人家，似乎是人口很少的城鎮。

這些紅磚平房都沒有開口，讓灰眸感覺奇怪，正當他匪夷所思，向原逆時針方向繞過屋子，來到背面。她推開老舊的木頭門板，那門，朽得像是要有柴屑掉在地上似的，發出「拐吱，拐吱」的聲音。

雖是大白天，她進屋的第一個動作，是吹熄窗檯上的蠟燭，窗檯尚可看見蠟燭融去的殘痕。向原再重新點上。火燭搖擺。坐在椅子上等待的灰眸，感覺屋子裡面好熱。

向原笑著跟他說，村子裡的習俗是沒有正門的，未婚姑娘除外，「少數像你一樣的外人來過，只是經過。」

灰眸心想，姑娘的門也不太鞏固，一推就開。

向原開始煎茶，房子裡漸漸充斥藥草的味道。藥草味道盈滿屋室，兩個人沒說話，火燭在窗檯，隨時要熄的樣子。

時間在藥草味道愈來愈濃中過去。

向原端了一杯藥草茶放在灰眸面前，「有點苦。」她說。

因為煮茶的關係，向原的臉因熱氣而發紅；灰眸也因為不流通的空氣而滲出汗水。

灰眸倉卒地啐了一口熱茶，苦味在唇舌間游移。濁郁的空氣和熱人的燭火。

向原一小口一小口慢慢飲著，藥草的滋味滑過她的舌尖、喉嚨，胸腔，肚子暖烘烘的，腿腹和趾頭。她全然沒有開口打算的樣子。而灰眸皺眉，直覺得這茶水太苦，真想捏著鼻子一仰而盡。

＊　＊　＊

「我來找妹妹。」眼見向原杯裡的茶，剩三分之一，灰眸將杯子置在一旁，把一條項鍊從衣領裡拉出來，銀製的圓弧墜子，邊緣雕刻非常非常淺的葡萄藤細紋。

半遮掩的窗檯，燭光與天光映射出灰眸和向原模糊的臉。

向原將手摀在胸口，突然拿起蒼鷹溫涼的茶，和自己的杯子。「等一下，我們這裡的人很愛乾淨。」灰眸看著她走到屋角蹲下，這一間一目瞭然的小屋。

她轉開位在膝蓋高度的水龍頭，水流出來，經過杯子，她的手仔細地洗滌。

水落入甕子的聲音清晰可聞。就在水快要溢出來的時候，向原將水龍頭緊緊地拴緊，牆上的暗影浮動著，她手臂擺動的樣子。

「等一下就會乾了。」她把杯子放回桌上，木頭桌面溼了一大塊。

＊　＊　＊

「你要待多久？」向原說。

「三個月。」

「那很久。」

灰眸說：「三個月不是很久。」

灰眸的拇指，輕輕按了銀項鍊墜子上的一顆小突起。好像什麼被打開了。

「她是我的妹妹，這是我找不到她的第九年。」

十七歲的少女，她的名字叫河茜。

「九年。」向原愣了一下說。

＊ ＊ ＊

「我不知道她會去哪。她喜歡繞著河走。」照片裡的女孩正站在河畔，一支一支純白色的野薑花，生在河畔。妹妹很蒼白，安靜地抿著唇，手持一支和背景一樣的花。

「我摘給她的，河茜跟妳一樣愛乾淨，她身上總是散發著淡淡的香氣，味道跟這種水生花相同。」向原忍不住伸手摸了照片。靠得極近，還可以看見，莖扯斷的痕跡，綠色莖梗上，白色水稠的汁液，嚐起來應該是甘甜。

「她小時候愛聽故事，我講故事給她聽，可是——」灰眸笑了一下，「以後就失去語言的能力。」

「村子不是很大。」向原小姐打開桌面下的抽屜，拿出一張白紙。

「我還想要跟妳說。」

向原描繪的手停下來。

灰眸拿下項鍊，寶貝地拆下玻璃面，那一張照片——那一張照片，在桌子上沐浴微小的陽光，河流彷彿波光淋漓。九年以前，離小鎮這麼遠的地方，有一個叫做河茜的女孩，穿著白色單薄的連身洋裝，從這個世界消失。

「這是河西的詩，」灰眸展開一張發黃的紙頁，「她會讀詩給我，」這張小小的，躺在灰眸胸膛九年的詩句，「我是說，以前。」

天氣非常地好
時間卻切割我身體無完膚
晴朗不悶不熱

朗讀河西的詩，頓住——

灰眸深深凝視向原，兩個人和一張照片，在塵封的光束裡開展。

＊　＊　＊

黑色的水從井裡冒出，一張地圖瞬間如潑墨，不斷地吸收。

「我可以得到什麼？」

梅爵士從領巾內，抽出一根銀細針。往井口一下扎入，黑水從針縫退

退退退退退退退

地圖呈現粉紅、粉藍，和一塊黃土色。

「全部。」伍綱對沈姨說。

這一切同時發生，包括沈姨的髮針掉在地上，銀色的光芒在木地板上靜靜盤旋。她的腦門鬆了，細嫩的肌膚突然豎起，皺褶如緊縮的囊袋，黏住她的呻吟。

「那可是很多。」沈姨蒼老的聲音迴盪。

「我要島小姐。」梅把銀針抽回。

她看著伍綱。

伍綱對梅說：「當然。你要什麼都可以。」

島小姐張著眼睛。

暗紅色的薄單襯著她，外頭的光線長長短短地挪移。她鮮少在這種時間醒來，只好睜著眼睛，隨便什麼發生。

汗濕濕黏黏，翻動骨頭，時而要掀起臥房。她起身，轉動，鈴鐺跟著腳踝。島走進後花園，巨石碎片砌成的一口水井，浮一層腐爛。

她驚慌退了好幾步，一隻柔軟的小鳥僵硬，像被人丟棄的一顆石頭。

「死鳥。」她說。

「石頭。」

「是誰？」

她跑回房裡，握著院子裡的一把刀。鈴鐺跳上床，磨蹭著島。她睜著眼，直到緩緩睡去。

一陣一陣冰涼沁入肌膚，手絹擦拭著島小姐發熱的身體，翻來覆去。夜裡井水，隱隱浮出，無處可去。

「黑暗之中，那樣的涼。」

島的身上一塊一塊不規則的紅腫，沿著沁涼的觸感生出。

「啊，阿烈斯。」

＊　＊　＊

「但是作為人的那個部份好孤單呀。」河茜在湖中央站著。

一陣一陣熱風拂過她的腰襬，山坡上的花朵旋舞，在她伸起的手盤旋。群山環繞著湖泊，湖常繞著她。清爽的風停止在她頸項，幾綹髮絲好像就是這樣停擺的。

＊　＊　＊

湖上熱騰騰的煙波啊，奔回山上。曲折在指尖、手腕、手肘、臂的花吻與香，輕輕搖落，在河茜的腳踝周圍，鋪成安靜的花毯。季節只是凋落，無聲無息地。她赤腳。花瓣有如祭壇，從腳掌讓開。

「笑語，遲早。」她說。

她將亡靈疏落的齒，杵磨作細緻微薄的粉，撒向青綠色的湖面；一指甲劃開，湖面自行鬼祟地彎出一條又深又細的線，而後飄散，浮出一道溶化小徑。「我們一起玩。」

蜜色少女彎著腰、轉著圈、指著山巒、展開手臂、環抱著自己，自山裡現身。有的像小孩子一樣抱膝哭泣，河茜用黑色斗篷罩著。

裡面的星星，使她們張開好奇的眼睛。

河茜忍不住笑著。

她拔下一根頭髮，髮梢觸著湖面，一隻手接引似，湖水很快吸走了髮根。湖裡的靈祇，撥亂澄靜水面，河茜周圍盪開一圈又一圈漣漪，挾持著金色波光，越來越清淺，直到最遠的石頭。

「遲早，回來。」小孩子們興奮地尖聲叫著，紋路回到她的手掌。

一隻溫柔的掌，水裡騰起，讓河茜的臉頰臥著。另一邊朝著陽光的臉頰，露出來，細小的漫紋。一大一小的臉，擠著她平靜的姿態。

他們抽取她，這麼地慢，一點一點過去，河茜在晃動中，與夭折的小孩子共同睡著。

* * *

桂花巷的祭典，只有女人勞動；村民手持木盆，一點力，一點點的，女人們伸直手臂，刮著湖面，終年累積身體的癬在水上漂浮，腰也是瘦的；手臂和腰部動作之間的平衡，以及手腕的力道，無論如何一小瓢一小瓢地刮，總會有更多的油漬再匯集。

「這樣涼爽的風。」村婦聊著日常的事務，長長的獠牙項鍊垂掛，隨著她們舀水的姿勢在胸前晃動。她們的臉蛋水裡碰著彼此，看起來有些冶媚的媚態。

山林果子慢慢腐蝕。

「我們滑來滑去想一點新的遊戲。」河茜唸著，恍惚的神情，她已即將進入夢鄉。

聽到這裡，旺斯突然插嘴，「有人在玩嗎，玩什麼？」他響亮的聲音，讓所有聽故事的人嚇了一跳。

「有人在樹幹裡唱歌。」向原輕聲細語地回答旺斯。旺斯得意地用肩膀碰撞身邊的璐西，而璐西只是木然盯著自己的腳趾頭。

向原小姐闔起書本，盡量不去想灰眸的眼神；一群孩子裡，他坐在最遠的位置，銜接著孩群和天際，從第十頁到二十四頁這幾天，他一直沒出發。

也許他不介意河茜活在這裡。

* * *

「梣子，妳等。」

璐西從遠遠的坡道向上跑來，她的捲髮自然地垂肩，圍繞著她過白的臉蛋。因為身體虛弱的關係，一小段的跑步讓她喘息，「梣。」璐西艱困地發出小小的單音，梣子似乎未聞，要往樹洞裡走去。

梣子觸碰樹皮的左手停了一下，側頭看見璐西上氣不接下氣的樣子。陽光總是使她顯得無辜可愛。

「幹麼？」等到璐西好不容易站在她身邊，她擠出兩個字。

「彈珠。」她把手張開，一顆泥巴搓成的泥土球。

「我做。」璐西露出一抹很大的微笑，一顆牙齒都沒有露出來。

梣子癟著嘴角，「妳的跟班呢？」

「旺斯沒有。」

梣子身形瘦小精練，短髮直直掛在耳垂，是故事樹周圍最會跑步的女生。她長得又黃又黑，臉瘦瘦的，厚唇，是一張不像孩子的臉孔。身上總帶著一股怪味道。小朋友都說她家很窮，爸媽不正常，所以聞起來臭。沒有人願意靠近她。梣子獨來獨往，只有璐西纏著她——當四下無人的時候。

「拿——」

「我不要。妳不要煩我。」

「不麻煩。」

梣子急著進去，左手一把抓住小泥球。她是左撇子，小指頭剩一截。第一次向原對她露出同情的表情時，其他小朋友露出驚恐的表情，後來大家都不敢看她了。

梣子的眼睛太黑沉，她不多話。

她一下子把泥球放到褲子口袋裡，「妳剛剛有沒有看到向原老師？」她問璐西。

「有。」璐西的手還在空中開得大大的。耳朵上插著一朵嫩黃色的大花。

梣子一轉頭，走進樹洞裡。

＊　＊　＊

「蘿，我把妳的心臟放到井裡了，我們大概沒辦法覺醒了。」只有蘿，曾經進過後花園裡，院子裡的蕨類，襯出她的麻衫。

那天蘿坐在井口，祖婆婆給她的項鍊，毫無預警斷了線，一顆一顆頭顱漂浮，反射月光在井之水面。

她看起來像巫女，活不過黎明的樣子，島呼喚她來，她夜裡扯破院子蠻荒的根莖，整隻手都是泛紅痕跡；她不在乎，島也不在乎。

她幫島梳頭髮，島的長髮永遠充滿糾結，有時候是一球一球的，有時後扒梳到一半，五指整個卡住，或輕或重的力道，島都面無表情。

她的唇塗一種白膏，每當伍綱戰勝之時，便會從異邦帶回來，微發香氣，是桂花巷裡沒有的植物細磨擣成。

島專用的慘白。

「蘿？」

「我在想如果梅找到源頭。」蘿把編織好的花瓣，用金色針線織入島的短髮。

「妳為什麼要用法術取消那一刻。」

島照著鏡子，她回答：「因為我想要。」

妳是我的。

蘿不要對我說。

＊　＊　＊

島小姐的手伸進鏡子裡，看不見的手腕，纏著一圈又一圈滲血的繃帶，潦草地包紮。褪出鏡子的手臂，一條變動的紅細線，破碎地游動。

梅的手從地板露出，反扣島小姐的腳踝，從踝骨至腿腹，黑色的麻繩，適合今天的表演。島小姐在院子唱歌的樣子，不同於望月齋，而是這樣站好。

她低著頭，眼淚一滴一滴掉下來，院子的井，散出味道，忽淡忽濃，直到傍晚，靜止如乾淨的風。

島小姐穿越廊道，轉入食堂，光斑跟著她。

蘿在舞台上方匍伏著，伺機而動地望著島跳舞，腳鈴鬆弛地盪著低迴的地方，腳板踏過的木地板，一絲一絲血痕般的紋路緜緜化開。「惡——色——」一抹呼喊溢出，擴散在軍官之間，似思索又似出神，拖了長長的時間。

無精打采地用桂花巷古老的語言呻吟：

聽一個重複彈錯的音
我的戀人啊
時間射出一支箭

鈴鐺依偎在伍綱身邊，舔著他腹帶翻出一角老地圖。皺褶如稚貓肚腹，「嘶——嘶——」我的心背對世界撒野。

梅輕柔地笑了。

＊　＊　＊

「旺斯的父親在戰亂中中彈，下落不明。他看見一顆子彈穿越父親皮膚。」向原小姐煮茶的時候，告訴灰眸，「我從來不以為我的故事可以救活旺斯的心。」

他從來沒想到，一起聽故事十多日的小旺斯，有這樣的背景。這樣的年紀，一雙靈活的眼眸，老是插嘴，只要看見璐西，那高興的樣子，彷彿要繞著樹跑大圈似的，毫不掩飾。

「他們有心電感應，」向原知道灰眸在想些什麼，關於對孩子的吃驚，以及輕輕掩去的慌張。「旺斯從來沒有問題的。」向原打開冰涼的鐵盒，從中仔細地拿出一張圖畫，「這是璐西的畫。」

「亂七八糟的對不對？」向原笑了一下，直接說出來。一個被稱為樹下最會畫畫的孩子，只有一張這樣失序的塗鴉。便宜的紙，以泥土為塗料，手指要搓破生命一樣拚命的畫法，出來只是一團亂，「灰眸，如果你有看過璐西畫這張畫的樣子，你會感動。」

璐西是老農夫抱來的，來的那天，乾燥無雲，沒有人知道璐西怎麼走到老農的田。破爛的衣服，渾身惡臭，步行留下的傷痕，細細長長地散落在她四肢。而老農看到她的時候，她只有露出一個微笑，一個璐西這樣小孩所能對成人發出的表情。

「她無法言語嗎？從一開始。」灰眸問。

「幾乎沒辦法。」

灰眸的心思也紛亂無比，河茜失落語言之前，曾經崩落充滿慾望的作品嗎？

他看著這張比璐西身軀還大的紙張，幾乎可以想像一個小女孩像野獸一般攀爬其上，那無知的吶喊。語言未明之前，墜落的張力。

「是旺斯教她畫圖的，旺斯帶她跑，跑到遠遠的泥地，用滾的、用抓的、用踏的抹的。常常弄得髒兮兮的。」第一年的時間，向原所能做的，給璐西水和食物，幫她療傷，讓璐西回復原本漂亮乾淨的外表。

「你看過她的招牌笑容吧。」

「妳是說那種一顆牙齒都不露出來的笑法呀。」灰眸對著向原，輕輕說。

「是啊，無論對誰她就是那樣說話的。」

＊　＊　＊

灰眸回到自己的和舖，簡陋的草蓆鋪在地上，四方屋內由紙漿粘成。他在屋內走動時，總可以看見自己移動的翦影，感覺非常不安全，無論走哪，總有人跟著的感覺。不過久了，也就習慣了。

白紙漿上，有一隻染色的飛鳥，振翅的姿態，深淺不一的黃色，跟著陽光的色澤改變，迷濛地像一場夢。從故事樹回來，往往習慣和向原喝一杯苦茶，有時自己又返回草原上，散步許久。

推開門扉，鳥兒恍若從光裡飛來。灰眸伸出手，要迎接的樣子，搖頭一笑，自己這荒謬的動作。

如果告訴向原，曾經蹲下來、斜著肩，調整自己的高度，讓這隻小紙鳥停靠在自己肩膀的影子上，她一定會高興地笑吧。

灰眸就坐在地板上，室內唯一一張木頭桌，低低地教人盤腿。

他從衣領內褶隱藏的口袋，拿出那一張手稿。也許可以找到河茜的地圖，向原小姐的筆觸。

回想那一天，拖住腳步，沉重地像離不開一樣，細想不完地，緩緩蔓延，胸口的弧度，就像推開河茜門的下午，所有的窗光打在她周圍，一個剪不掉的妹妹的背影。無論如何叫喊，都不會回頭的陌生的河茜，純潔無垢的白紗衣裙，有些寬鬆地垂著。

「河茜，河茜。」

灰眸讓房門半開半掩，走到妹妹身後。她低著頭，垂著手，一張稿紙在桌上。

「河茜！」

空白耶，哥哥。

蝴蝶死了，哥哥。

他永遠記得河茜那時的樣子，「噓，不吵妳了。」

＊　＊　＊

此刻，一張鋪設在木桌上的地圖，呈現一片空白，夢裡反覆家鄉的記憶。河茜的下午，淡然地回到眼前。

河茜喜歡繞著河走，家鄉裡所有人都知道，他們討論她失魂地笑容，說是有幽靈在前方。

灰眸曾經不止一次騎腳踏車跟著河茜隔壁的河道，河畔的草香於是成為河茜回憶中的一部分。她的下午，一隻黃色的紙鳥，一個草原上說故事的女人，混合成令人迷亂的現在。

「河茜，我找妳九年了，為妳而活這麼久，妳可知道？」灰眸把項鍊仔細拿下來，放在地圖旁，他有一種時間模糊的恍惚感。有個誰，也在這時推開門，站在他的身後呼喊他的名。

＊　＊　＊

「才跟她說要脫鞋子，一轉身就走了。」沈姨悶在小甕裡，少女骨粉窯燒出來的上等浴缸，合身地鎖住她細緻的骨骼。一股一股熱氣，從身子裡暖出來，她光滑的皮膚露出粉紅色的光澤。

河茜扭著白色棉巾，溫柔地進入她的手掌，命運的紋路一天天改變。木頭閣樓裡沁著霧，老舊的木椿傾斜成屋頂，光線迷迷茫茫地，怎麼看都是黃昏的情調。河茜粉紅色的手掌，是這間老舊閣房裡唯一真正年輕的東西。

房裡擠著七八個裸身女人。

「仗著自己歌喉，一點規矩都沒有。」沈姨的頭顱仰著，望向尖高的斜窗。水面在沈姨的頸項，劃出一條水紋，跟著她微小講話的聲音，水波動著她頸項的紅色細紋，一條絲線項鍊在她起身的時候固著成一條項鍊。

沈姨也曾經是桂花巷裡的火燄。

有人雙手宛若紡紗，滯留空中，閉著眼睛，露出寧靜的微笑，宛若遇見神佛。有人平躺，如同一隻剛剝皮的蝦子，肉色的皺褶，散著透明思緒，傍晚不真實的黃光打在她的眼神上：火車穿越閣窗，隆隆的聲音擦開傍晚下的一場雨。

有人在大池裡站立，水及腿腹，緩緩蹲下，慢得像與永恆錯身而過，嬰兒般用雙手抓住自己的腳踝，蹲在母親不穩的子宮中，腳尖微微搖擺，失去神智。

沈姨站起來，這些女人乖巧地靠近她，融進她裡面。沈姨的骨頭從皮膚裡突起，一根一根的，銀光色的短髮，柔嫩地數不出歲月，一張老臉迸出一朵過度屬於春天的小花。老臉嬌豔，叫人想摸卻害怕。

「河茜，」沈姨一步一步靠近她，直到兩個人面對面。河茜頭低低的，每天她最恐懼的痛苦無非是即將發生的片刻。

紅磚地板的接縫，溼答答的。

天色搖晃起來，向原在樹下說故事，風又清又涼。一塊一塊鮮豔的石頭，硬塊一樣哽住河茜。

河茜照著鏡子，黑直髮綢緞般放下，一襲白色的洋裝。鏡子裡藍色的河流，一朵一朵黃色雛菊漂流河上。

她腳尖碰著河流的起端，大河越過兩端，她沿著蜿蜒的河水散步。早晨的太陽，金黃色的陽光，舒服地給予她四季的歌謠。她跟樽子打招呼，旺斯牽著璐西的手，她走，到樹下，草原上的風吹得樹葉沙沙作響，時間安定地透過葉子，在草原上綻放數不盡靜止的光點。

她倚著樹皮，坐下，等待向原。

直到自己沿著樹，長出鬚根，長出小白花，長出又硬又大健康的綠葉，她的腳伸出一條河流，流過磚紅色沒有門的小房，流過老農夫的土壤，流過島小姐刻紙的窗戶，流過河畔腳踏車經過所留下的土痕，流過梅的眼淚，乾裂成密密麻麻的小徑。

島的黑色淚水一直流下。

* * *

「向原妳來、河茜靜靜起來，長夢鬍鬚。」沈姨的閣樓裡空蕩蕩的。島小姐蜷曲在舞台角落。沈姨密室的水滴聲隔牆傳來，她唸出咒語阻止河茜和島合而為一；桂花巷不能失去平衡，只要灰眸指認島，便是桂花巷的末日。

今晚島的舞衣像翅膀散一大片不規則的凌亂，拼湊地面大大小小的死亡蝴蝶，作為漆黑之中閃爍的光采。

「向原，我們終於要面對面。」島說。

* * *

鈴鐺失蹤。

花園裡黑暗伯爵的島崩壞了，一整排的鎖掉下。一陣風，悄悄地便推開了桂花巷人人畏懼的禁地。

東北方巨石上的婦人點燃夜燈在祈禱，因為黑暗伯爵的繩索鬆動，後花園閣樓突然衰老，島小姐粉紅色的槳，再也搖不到傍晚了。

太陽將清晰地從這裡升起。

＊　＊　＊

今天島小姐沒有表演，對於村民來說，這意味不正常。

桂花巷的村民紛紛把窗掩上，但願室內不透進一絲星光，無論男人女人或小孩，跪在地上，兩手直垂。

「他曇花一現。」

「妳曇花一現。」

「什麼叫做自己？」

這一口下降的古井，日日有人垂下頭去，平靜使人盜汗。

「若是破曉有太陽。」村民顫抖。

「昨日已遠。」

「時間回去。」

興高采烈，那是悲傷。未來一箱一箱，你再不可使我哭泣。

「島，妳忘了？」

一段不用跳舞的歲月。

但不屬於我。
「那麼遠。腳不痛嗎？不是不能遠行。」
慾望貫穿了我，穿出去使我不回頭。但終究——
「妳聽不懂的音樂讓妳跳著舞。」
「那是短暫的舞蹈。」
箱子裡標示，錯亂時序、走失的臉譜，每一個紙箱之內，一群粉彩色的臉。
不同夜。
「憂鬱，瘋狂，孤獨。」向原妳離我並不遠。
「我們。」
還是相遇了，不是嗎？
如果異鄉的語言，裝載著新生的希望。
一首你大膽揮霍的臨別。一段被朗讀的過去。
「沒失血——沒寫詩。」穿著妳的靈魂。
島說：「她的名字叫向原。」
因為我在上一秒，聽見輕微碰撞的聲音，所以打開這本書。
「我必須闔上，唯有如此才能接近安全。」聲音，從地面又平又薄地升起。
蘿預言了這一切。一抹初生的太陽，將在她愛人的頸項上，割一條又金又細的傷。總是如此，她守住井口，安靜等待曙光，祖婆婆要回來了，島不夠強壯，後院會有新的主人，而祖婆婆會醫治戰敗的島。

* * *

大堡的傾斜，使村民慌張。他們寧可無知，過太平歲月，一天之中有幾秒隱沒，並不妨礙百年來安逸的生活。彎彎曲曲的桂花小徑，月光照耀，只有蘿一個人穿梭街道；她沿著木頭長廊，回到島的房間，一地刻紙的碎紙頭。

依照島的交代，她把每一瞬間從後院井底浮出的油舀起，忽多忽少，蘿的手最是巧的，她平衡地移動，肩膀到手腕，時而天落了小雨滴，隨著時間，她已經搞不清楚是不是自己的冷汗，或者是天涼。

忽而湧起的油垢，忽而薄地澄澈，一陣一陣，蘿心亂如麻。

即使知道金色的朝陽將撤走整座院子，一大片一大片往東南方吞。

「如果，」從來不說如果的蘿，沉沉地嘶了一口氣；井一波一波地，反射她黑燿般的瞳孔，井裡的島永遠無法令人安心，「島小姐唱歌的樣子啊，真是讓人絕望。」

天色漸漸泛紫，「蘿，我明天要演一隻鳥，妳知道鳥吧，鳥飛的樣子，像這樣——」

井越來越髒，嬌小的蘿掉了一滴眼淚，太陽升起。

伍綢殺了賀手
梅的空船，她
是一張玫瑰圖——
我們曾說：「河茜是妹妹。」
灰眸回不來
向原墜落，光子崎嶇
時椤子在樹洞中
為桂花巷唯一活者

05 雙城

遙遠它方
醒來
刷牙洗臉

在岑子成長的過程，向原漸漸不見，如草原褪色。

二十二歲以前，她常常喊著異國神祕的腔調醒來，迴音中甦醒充滿困惑。這是她求學過程中的秘密，說不上悲傷或失落，只是保持不對別人說。

有一陣子，她錄音。床頭總是擺著一台二手錄音機。下課後，一整卷地播，每天聽、每天聽，有時候是一整張的空白，有時快要睡著了，卻在半夢半醒間，聽見。

匆匆忙忙止住。

這樣的日子過久了，她將次次聲音錄到電腦裡，直到擠滿了走來走去的人群。聽似一種固定的排列，某種秩序遊走，又氣若游絲般渙散。單聽一樣的，但是從電腦裡剪輯出來，彷彿一段可以被理解的思緒，抓不牢又飛著去。

從她有記憶以來，不曾記得任何夢的內容，和人討論到夢境，她總是隨意編一個。這是岑子。

很簡單的、毫無書寫之處的、二十二歲的一日，她毀了這一盒錄音帶。滿地黑色亂纏的黑膠帶。

她把頭埋進櫃子裡大哭一場。像用小湯匙掩埋一隻鳥，一個湯匙是一個單位可以裝。她看見她自己，做了這件事。硬梆梆的小麻雀已經這麼老了。哭會結束，吃飽一樣。她站起來還差點滑倒，一腳踩在滑溜上，甩也甩不開，黏在她的腳底板。「我需要出去狂歡，只是這樣。」

岑子並不漂亮，三十二歲的她，高高瘦瘦，有中性的美感。

＊　＊　＊

「可能是亞麻的會比較好，往事中搭乘布料而去。」岑子把紅黑色沙發搬到客廳，身體縮進沙發，感覺餘光安全。一顆包心菜窩住自己的泛黃下午。

「媽媽的左手。」快要睡著的時間，靜悄悄地打摺她的臉。一圈又一圈，她只是在安靜的空間裡。模糊地在地板上，沾黏打散蛋黃的土司。陽台很暗，我站在矮小的凳子上，聽著筷子碰到缺角齒狀的碗邊「搭拉、搭拉」的聲響。

也可能是昨晚撐高的衣服，在看不見的陽台搖晃著。「想來是雨的形狀吧。」

她無所謂地想著那個男孩說：「妳爽，妳爽。」突然連標點都忘記打了，每次喘息都很困難。

那些三角形沾了蛋黃的白色土司，又軟又金色的，充滿漂亮的希望。蛋黃泡軟的白色土司，地板失散了陽光，白色瓷磚失去時序，渾濁在一起，游絲劃開的口感，我們滑來滑去。

啊，銀色鍋子。不鏽鋼鍋子戴在我的頭上。鍋子裡的麵包漸漸泛出令人喜悅的金澄色澤。

「如果只是為了被了解。」

＊　＊　＊

「張開嘴巴。」岑子淺酌一小口。又酥又軟的口感，滲出蛋的香氣和汁液。

一種飢餓的感覺充斥沙發，她稍微翻身，天氣有點黏。岑子想到昨夜迅速畫下的一張圖，便不由自主地環抱自己的腳踝。

她看見自己膝蓋以下的腿腹在房間裡走動。風在唱歌，裙子一件一件，安好的自己在丈量，「這邊放長一點。那沾一朵莫札特的小奶油花，最淡的黃色好嗎？這繡線是故意要脫落的。」

「昨天一把一模一樣的沙發燙了一個洞。」洞的邊緣有燒焦的痕跡。我起身關掉瓦斯，把東西倒掉。我和我的手，菜在灌，塑膠袋擦擦地，有一種叫人開心的冷。

「布鼓。」

網友C的郵件。

岑子走進書房，打開信箱，一盤蛋土司擺在電腦桌旁。剩下的蛋，一小團擱在土司旁。盤子是那種有龍蝦的圖案，鬚褪色了。她捉著土司一角，滑潤地。

「失落天使，我住在洛杉磯，大太陽。」

他們睡過一晚，一切只不過這樣。

有粉紅色的枕頭，暗紅色的薄單，在早晨醒來。

＊　＊　＊

「為什麼妳不去？」蒼鷹問岑子。

「這是一個很好的機會。」蒼鷹把一張圖放在岑子面前。

「雙城，所有優秀的青年建築師都要在這裡發光的。」

岑子的腳掛在紅黑色沙發的扶手上，晃來晃去，她恍惚地看著白皙的腿腹上有一點一點閃動的光點。

父親盤腿坐在長型矮桌前，背對著窗簾、日頭，顯現歲月的巨大。一張長長的圖卷，靜謐躺在乾淨白橡桌上，高高低低山裡白水橫流。

蒼鷹看著岑子，他只為她活。一襲白色棉布洋裝，冷淡的黑眼睛，長髮太黑了，收在耳後垂下，單顆珍珠耳環，黃K金細針；故意的，她了解另一邊不知道掉在哪。斷指的左手挾著一支香菸。小時候一樣安靜不打擾。

大約一個月一次，父親的拜訪。窒息虛偽兩三鐘頭，唯一好的是她喜歡蒼鷹白色的襪子在地板上的感覺。如果是秋天下了雨，她會察覺一點白色的浪漫。

岑子走到島形檯面，熱水冒著煙霧，她的喉嚨湧起一陣溫暖。拿著壺，走到父親面前；古典白瓷上的水彩少女，上次蒼鷹來訪的禮物。

「溫度剛剛好。」

「放著我會想。」

蒼鷹把淺粉紅色暈開白色信封放著，「這是機票。」

「安治叔叔是裁判。」

＊　＊　＊

「蜜子，妳真的太胖了。」

岑子淋更多奶油在魚缸裡，草莓幾乎漂浮。

畫室裡比較好看的女人，岑子這樣想。

「雙城真的是大案子耶。」蜜子隨性躺在白色絲綢裡。每個禮拜天傍晚，一件白色絲綢，已經持續四、五年，沒什麼變動，第一個月時蜜子開始覺得奇怪，成為情人後什麼都正常了。

岑子搖一搖花瓶的細頸，沒熄滅的菸灰像薄霧。這瓶漆色，活像黑夜苟活的樹幹。

「賺大錢買魚給妳吃啊。」

蜜子嘻嘻哈哈地笑著，「岑子真煩。」又短又圓的髮捲好蓬鬆，皺褶又不同，寶藍色吧。

四十多歲的蜜子，做古董生意的，要說洛杉磯有什麼女人叫巨富，怎麼也少不了她。

「我拿下這個案子，妳會送我什麼？」

蜜子側了身，手腕撐住太陽穴，一個三角形，她忍不住笑意說：「一個男人，還有什麼。」

「比雷恩更讓人想長泳的肖像啊。」房裡有蒼鷹的味道，今天她瘦弱地令人厭惡，

「蜜子。」

「嗯。」

「做人媽媽好嗎？」

「溫柔嗎，絕望嗎。」

蜜子看岑子，說：「我愛妳。」

我也是，她想像。渲染著。

晚一點，岑子送她到門口，這個月要去唱詩歌。她今晚在電梯口多站了一會兒，慣常地在蜜子臉頰輕輕一吻。「敬妳粉灰色歌喉。」不知道誰這麼說。

* * *

「需要時間。」

「繼續找——」

「是。」

「還有，」他沉下一口氣，「安治。加油。」掛上電話。

東京辦公室一整層樓，蒼鷹的辦公室，只有那麼一張岑子的畫像。最貴的地段、最高的樓層，一扇窗也沒有。

「這裡都是泥土路，到處蜿蜒，路外面灰色的部分不要去，泥土路上，有一段開著小小的，非常微小的白色的花，你記得要回來。」我在這一間紅磚小屋裡等你。

向原的話在他腦海裡，枝微末節。泥濘上的香氣，猶然在每一個轉角末梢，使他後悔，纏繞著思念。

唯有岑子，是他想要護衛的總和，老農夫吐露的身世之謎，向原的孩子。

「梅，我會找到你，島的死亡必須有人付出代價。」

＊　＊　＊

蜜子離開後，岑子趴在冰涼的大理石磚上，眼淚一滴一滴掉在地上，她感覺地板的涼意。

「如果你有一個時刻真正聽到的話。」她眼睜睜地想。

冰箱裡準備好一盤玫瑰花瓣，淋上一層厚厚的蜂蜜。

透氣皮拖鞋，交叉她的腳掌，「妳真的是很懶惰啊。」她坐回地上，想著上次蜜子講的話。

「我不揮霍。」她手指敲著地板，自顧自地說。

這個星期為了設計少女風格綁鞋帶，已經把空調調到最大了，她把抽屜裡羽毛鬆鬆地縫線，綁起頭髮，唰一聲抽掉。鏡子裡她開心，無論脖子和色彩都剛好，岑子想。為此她到市場挑選了一隻健康的雞。

「妳應該更常梳頭髮。」岑子想蜜子可能會這麼說。

廚房裡起司融化了。蒼鷹的房子，蜜子的佈置。蛋的雅房。

岑子穿起她的拖鞋，面對鏡子，把濕潤的頭髮抓亂。這樣的日子，只適合這麼鬆散。

抵達京都已經半夜了。岑子身上只有一張支票，一個簡單的黑色布包，裝著她的素描筆，回家。她對自己的故鄉一點兒時記憶都沒有，回到這裡她不覺得土地親切，但會做為一個親切的人。這片古老的風景裡，只有安治叔叔是她想念的人，安治會說實話。

她叫了一台計程車，「逸成區東野，麻煩您。」

東野是京都一塊老到買不到房子的自治區，街廓保持老時代原貌，要進入逸成區，已經找不到觀光客的蹤影，更何況深入其中的東野。東野很保守，每一戶住家站在相傳的地上，守得很緊，住一些貴裔、史上有功載的人。所謂住在裡面的資格，真正是叫做天生的。

「小姐。」司機露出一個禮貌尊敬的笑容。在地的默契。要載到前往逸成區的客人難得，司機大概知道規矩，在系手雕停。

夏日溽熱，一路蟬音大鳴大放。

在東野無謂重建、蓋房子這種事，倒是修復很重要。建築師地位沒有師傅高，師傅遇到燒窯的要立正。沒辦法，有求於人。而傳說「瓦窯經」便是東野封建的源頭，這本書蒐在安治家族的古墓裡。

岑子下車，一跪，遵循古老秩序入村。

＊　＊　＊

這是一塊大囊袋狀的地，最細的地方朝向日落的方向，也就是系手雕的位置，再過去的盡頭是大崖。大塊碎石板，散落在囊袋內，鋪成路，石塊上自然泛出黃灰色的時光塵埃。有訪客說這是一座喪失時間的鎖城，但居民以此古老的象徵為榮耀。在岑子看來不過是周圍變動太快，過多的藤蔓，散射老舊、過氣，腐朽的氣息。

她慢慢地走，安治的房在大崖前側，走到鯉魚塘時，安治大概也就聽說她回來的事了。鯉魚塘是人造的巨大池塘，位於囊袋西北方，又東野四周環山，為了維持這個鯉魚塘，地下排水工程倒是日新月異，總而言之，溼氣還是終年盤繞東野。

下雨天適合回來，雨水打在傾斜的黑瓦上，可以把蜜子和洛杉磯的岑子倒光、倒轉，做為一種驅離的儀式。

她知道在大崖前，東野最大又最古老的院落之內，永遠有一個岑子小姐的房間，書桌上透進斜陽，自己被封在那裡，出不去一樣地生活著一年又一年。

岑子只有一個爸爸，名字叫蒼鷹，她是東野浖蒼家的獨生女，啣著她長大。但沒有人是只有父親的，母親像禁忌一樣，難道她是一個羞恥的女人，使她的女兒孤單，使眾人靜默。

岑子唯一知道關於母親的事，是從安治叔叔那邊聽來，「我知道蒼鷹深愛過一個女人。」

＊

＊

＊

「想到我了啊，安治叔叔以為妳只在乎這個。」房裡飄著烤酥的味道，安治指著他的女朋友紹香的腳，「我們好喜歡，好舒服，可是只敢在家裡穿。」

紹香穿著貼身的彈性薄棉T，乾乾淨淨地，指節大小的玫瑰粉色印花，優然地捲著，微綴的下襬。一件七分牛仔褲，窄褲管削下她略張血絲泛白的腿。短髮，柔軟地順到耳後。可惜沒有婚姻。

「專門設計給紹香姊姊這樣會拿著托盤的美人啊。」岑子從背後偷親了紹香，一手伸去偷了一塊香酥，故意野野蠻蠻地吃。

「姐妹們都在打聽凱下一季推出的設計，妳別再跟我說了。每一次我都好想講出來。」紹香溺愛地看著岑子，這大宅太整齊清潔，實在需要有人來弄髒。地上麻黃的酥餅碎屑，金澄澄地，細緻的棗泥和芝麻，反而是紹香心裡幸福的滋味。

「這樣啊。」滿嘴酥餅的岑子跟著紹香，含糊地說：「啊，做一個桶子給妳。」

「什麼？妳這個調皮搗蛋。」

「我說——安治叔叔有妳萬事足。」岑子笑歪了，社交圈也需要一些話題。

＊　＊　＊

黝黑粗壯的安治，世世代代是蒼鷹家的護衛，大崖下不知埋葬多少安治的祖宗。安治的衣服由村裡手染師做，寬大的深咖啡色上衣搭配黑色染褲，終年一色。手染師在日本已經是國師了，對東野的手染師傅來說，做衣服給安治，才算上一件工作。

老師傅親自給安治送衣服，數十年如一日，誰也不知道他美感標準哪來的，要覺得不好看，七十幾歲的老人還是會哭得像小孩子一樣。

穿著木屐，綁一綹頭髮。最後在襟口以紅毛線繫上，人衣合一。象徵蒼鷹榮譽的紅毛線，薰上特殊的藥草香。這般浪人情調，到哪都一樣。

岑子跟安治出去的時候，老受矚目，「深居簡出，不合時宜」岑子這樣批評安治，每天穿一樣，遵守年邁的規矩，到死。幾年前她為安治設計衣服，不但安治難得地對她發脾氣，失去理智的老先生還拉著岑子到他作坊，看著滿地剪得破破爛爛的染色布料，暗沉地像失序的血跡。

岑子常常感激紹香，她的服飾，至少是這死氣沉沉宅落裡，可以讓人呼吸的花朵。

* * *

「岑子，這是第一塊地。」桂花巷裡第一道光昇起的地方。

紹香離開後，安治馬上指向圖卷上的東方，原本以為找不到的老農夫的地，反而意外地第一筆進來。「東野古籍上叫厚澤，中間歷經幾次更名，現居雜亂。」

「土地的黏度、密度，」安治轉進房裡，拿出一只老杯子，「妳瞧瞧，有什麼感覺？」
岑子放在手掌上端詳了一會兒，「至少兩百年的老東西吧。」
「差不了多少。」安治滿意地點頭。
「厚澤由三塊六畝耕地組成，一塊狀似魚甕。」安治手指東北方，這一塊，「我猜被妳毀掉的圖卷上，是著淺淺的藍紫色。」這一塊地是桂花巷裡魚食的來源，秋天到了大家有魚吃。
「綠色稻耕，長條形，夏天到了大家有米吃。」岑子接著說。
夏天是桂花巷裡屬於孩子的季節，每個孩子又叫又跳，在土地上踩稻子頭。
安治爽朗大笑，「有做功課。」
岑子微笑，左手在安治面前往北方遊走，突然緊抓一把，握住安治右手臂衣擺。
「這裡是火頭磚一般的紅，也就是這只杯子出土的地方。」
岑子站起來，繼續說：「東南方是農舍，不在整合範圍之內，也就是現在聲名狼藉的賭徒之村。」
「很好。」安治說，「恭喜妳回家。」
「親愛的安治叔叔，」岑子冷冷說：「你別開玩笑了。」
「妳覺得妳爸爸會跟妳開玩笑嗎。」
岑子猛然大聲說話，「我不可能拆了東野。」
「爸爸瘋了，你也跟著不正常。」

「如果妳不想要別人重建東野，雙城麻煩妳看認真點。」安治直直地說，不帶任何情緒。

*　*　*

Face a wall
One chair
One longer poem

「這是誰？」蜜子問。岑子坐在椅子上給她朗讀。

「艾莉子，一位日本女詩人，二十八歲死了，妳知道我偏愛masterpiece。」

「生卒日呢？用英文寫作啊。」

「吐絲和吐血差不多，神秘渾身是病。她說她死前家裡的鐘一個一個都壞掉了，她可以感覺到。」

「這樣不健康，好像我的岑子。做愛和做蛋差不多的岑子。」

「蜜子我喜歡妳語言的力量。不作詩人賣骨董可惜了。」

「活到一個年紀，沒什麼好可惜了。」蜜子的論調總是如此，要買到好東西，瞎子都作得到，這世界走調走調的，不講幾個話子，還買不到好貨呢。

「看妳想要買影子還是坐椅子。」

「蜜子，別再搞得我頭痛了。」

「來妳這老地方連杯茶都討不著，教妳頭疼啊，我看看——」左下角、右上角，兩個女人野獸一樣，雙手綑綁在腰、背，「誰要走了，這是我嗎？」

「蜜子是我不畫了。」

「不畫，家族事務多少帶點荒謬。我說：『含蓄一點吧。』」

＊　＊　＊

岑子開快車到廢棄河道，紅色的跑車在夜光中疾行。從東野與安治一談後，她證實蒼鷹真的是要拆了老家。她對老家的印象僅有昏黃的桌面，她自己和母親的投影。

她以為蒼鷹永恆愛著這個想像。

岑子把車子停在河道旁，開始步行。從定居到洛杉磯後，這是屬於她的月光流域。她經過一面快車道下的泥土牆，沙子佈滿地，她把鞋子脫了，腳步聲音和樹的投影下，來回地走。

泥土牆壁上有一幅又一幅塗鴉，每一幅她都可以默默指認。這是孕育凱的地方。

在蒼鷹和蜜子中間喪失的流域，一切混沌又淒哀的少女時代。在建築紋理拓印中開展的。

她是可以聽見昨天的自己在沙地上以樹枝作畫的聲音，還有石頭刻著牆壁、石頭掉到地上時，眼睜睜看著石頭鬆脫在氣力耗盡的地板上，自己無力的吶喊。

又或者大雨踩過綠色草畔時，水淤積在鞋子裡的重力，壯碩的橋墩與泥河重複起伏排列，她所產生的那種冷酷。她看著廢棄排水管沖刷，心理產生的浪漫感。交叉地劃過她的人生，凱的黎明。

走著走著岑子聽見遠方傳來一陣歌聲，一個女孩子對著牆壁哼著：

「我知道，半夜的星星會唱歌，想家的時候，有沒有人和妳一唱一和。」

「凱，我失蹤了，我希望你會在乎。」她回頭，對岑子說。

「妳在哪裡失蹤？」岑子看著這個闖進她地盤的東方女子。

「我在巴斯失蹤，而且我在電視上看到英格蘭警方宣佈我已死亡。」她問，「妳去過巴斯嗎？」

「我的老師住在那裡，他長得好看，還會唱歌。」

岑子忍不住覺得好笑，「我沒去過，不過我要在那裡畫圖。妳叫什麼名字？」

「自從我在飯店牆上亂寫字，把行李丟掉，又被警方宣布死亡之後，我還沒想到一個真正好的新名字。」女子回答。

「所以妳一個人在這裡遊蕩。有沒有地方住？」凱問。

「沒地方住，沒有錢，肚子餓、腳很痠，心情很絕望，妳願意收留我嗎？」

「好，可是妳要叫我岑子。」凱說。

「沒問題：岑——子。」

＊　＊　＊

回到岑子的房子，女子東摸西摸，像一隻賦予事物影子的老鷹。一點都沒有在月光流域歌唱時流露那種乾淨清悠的樣子。岑子也沒多講什麼，隨便她碰自己的東西，連畫布蓋起的畫作也好意思翻。

「凱，」最後她坐在地上，「我要宣布一件事，因為你收留我，以後我們住在一起，因此必須宣布一些規矩。」

「什麼？」

「我要告訴妳一些撫養我的方法。」女子坐在艾莉子的詩集旁，連珠炮地開始自說自話：「首先你必須設計一個便當袋給我。我希望是掀蓋式的，要有拉鍊，有小提把，其他的你可以自由地決定。」

「好。然後呢？」

「然後妳每天要準備兩個三明治給我，一個是早餐，我大概八點四十的時候會在公車上把它吃光，另一個妳要用銀色錫箔紙仔細地把它包好。我會去小鎮買一點東西——妳可以把妳想要的東西列在一張小紙條上面，大約在十一點十五分到十二點半之間，我會把第二個三明治吃掉，然後搭公車回來。下午時間我會打掃。」

岑子說：「我晚起。」

「妳可以用火腿或是培根、乳酪、巧克力或果醬，我也不在意吃隔夜的，」她繼續說：「可是早上出門我要提著便當袋，裡面要有兩個三明治。」

就是不自己買，岑子回答：「好。」

「我沒錢。」女子好不容易簡潔一點：「而且，」

「有時候我會心情不好，這時候妳要畫一張地圖給我，隨便什麼內容目的地都可以唷，不管我有沒有出去，一定要請妳這麼做。」

「這很簡單。」

「我就是從這裡這麼樣簡單斷掉的。」女子鬆一口氣，酒足飯飽後的模樣：「我也不會吵妳和蜜子約會，我和其他凱迷一樣，喜歡妳們相愛。」

岑子這會兒可真的不知道要說什麼了。她看著女子脖子上一隻塑膠藍色金魚，輸掉寧靜，她想。

「對了，我心情好的時候會忍不住不斷地包水餃，請不用擔心。」女子說。

＊　＊　＊

時間一個月一個月過去了。蜜子一開始說了一兩句，說凱的身分維持不易，後來也就不聞不問。

第二天女子得到她的便當袋，拉鏈開在下方，一個狹小的縫。岑子說，「可以放錢」。她每天晚上做兩個三明治，日子倒也往常一般；這段時間既不用給她畫地圖，也沒有看見廚房裡有餃子，大部分他們的出入時間不交疊，女子早早就睡了。

偶爾她會透過開啟的房門，看見女子在她的小陽台澆水，她種草，戴著兩個耳機，哼哼唱唱，看起來輕鬆愉快的樣子。

直到有一天，岑子尖叫起來。

「妳來，這是什麼！」

女子拔掉她的耳機，匆匆忙忙跑過來，「什麼？」

她看著桶子裡的東西，說：「這個啊，我去市區買東西的時候路上的人送我的，這個紙是吃剩的巧克力條包裝，那個空玻璃瓶是橘子口味的果汁，紙袋是裝帽子的，那本小書我不想看，那一坨黃黃的東西可以搓身體，黑黑的是香水的蓋子，有人請我抽香菸，我不會，但是整盒帶回家，一支一支藏起來，還有那個——」

「等一下。」岑子不耐煩地說：「妳不可以這麼做。」

「可是那是我去小鎮會發生的事啊，而且這是禮物，」女子還在說的時候，岑子突然轉身離開。「禮物讓我開心，我要找空間把它們藏起來，我又不敢亂擺東西，妳也知道妳的客廳等於是聖地，要畫畫啊，我又想說蜜子，」

岑子「碰」一聲關上門，兩個小時過去，她走出來，發現女子在沙發裡睡著了，她責怪她的地方。

她看著自己手裡的設計圖，想搖她起來說些什麼。

這下子岑子意識到，房裡有這個人。

隔天，女子起來，岑子在睡覺，她拿了三明治要出門的時候，發現水槽旁有一張紙條：

買大白菜、豆腐、醬瓜、米、肉鬆
錢我算得剛剛好

* * *

象牙白色的浴缸，桃粉紅色的小毛巾，漂浮在水裡。浴缸的邊緣擺著白盤，上面有岑子做的荷包蛋。岑子撈起毛巾，溫柔地幫蜜子擦背，和過去一樣，蜜子會說她覺得幸福。

「岑子，畫廊對妳最近幾個月的畫有一些新的評論。」

「不好賣啊。」岑子左手刁著菸，右手繼續擦背，她總是能感覺肉感白皙的蜜子，和這條毛巾在一起的樣子。

「不是，」蜜子說：「有一些改變，價格更好。」為什麼岑子的手總是這麼溫柔呢？「他們說，妳的畫開始有重量。」

「這樣的意思是說，蜜子越來越像蜜子。」

「凱，我一點也不覺得有趣。」蜜子拿起綠色香皂，再次滑過全身。岑子坐在矮凳上，不知道該說些什麼，只是聽著水聲，再把毛巾擰乾。

＊　＊　＊

蒼鷹專用客房裡透出來光線，蒼鷹極少在這裡過夜。到洛杉磯超過一天，住在飯店居多，即便落腳這裡，屈指可數的次數，也謹守父女之間的分寸，鮮少門打開的時候。

想到蒼鷹，就客廳一張矮桌，窗簾之前他盤腿的模樣，輕聲細語說話，喝著習慣溫度的茶，世界帶來水彩畫風的白瓷餐具。

女子穿著一條紅色的短燈籠褲，頗為鮮豔的原色，澆草。女子的燈籠褲，門外她看見口袋上的網狀，耳機裡不知道在聽什麼音樂，一定是那種很大音量的，岑子第一次破例走進她的房間裡，她也沒察覺。

她把她的褲子往上一提，女子嚇了一跳拉掉耳機，「兩吋。」

「嚇我一跳，妳這樣走進來也不打聲招呼，好像鬼一樣，我正在澆花，妳看這個草是我從盆栽裡面挖過來的，本來還以為不太好種——」

「咦，妳剛剛有要說什麼嗎，不好意思我——」

「我說要改兩吋才對。」她盯著女子白色的緊身T，背後還交叉兩條繩子，裸露一大片肋骨。

「兩吋。」女子重覆一遍。

「客廳外面陽台有一把木梯子，可以爬到樓上，我有一件差不多樣式的灰色上衣，料子比較好。」

「凱要送我，真的嗎，不用錢的，妳看我還有一件草綠的上衣，我覺得配深綠色很好看耶，妳要不要過來看一下？我上次這樣穿的時候，鎮上的男人送我一條巧克力，就是發亮的錫箔紙，喔，這樣跟妳說真的有點不好意思呢。」女子想到什麼終於住嘴。

「不用了。」凱把她耳機塞回去，感覺跟她說話，老有一種宿醉後頭痛欲裂的感覺。

＊　＊　＊

米

小黃瓜

紅蘿蔔
鮭魚鬆
海苔與蝦
醋
電鍋
膜

女子很高興地拿著岑子半夜給的地圖，站在櫥窗前發呆，她覺得自己是一隻備受寵愛的粉紅色兔子，垂著長長毛茸茸的耳朵，走著走著連天空都被搔癢似的，露出短短的微笑。旋轉的雲，一次對稱，又毛又白的。女子哼著她唯一會的老歌：「我知道夜半的星星會唱歌，想家的時候有沒有人和妳一唱一和。」

「大太陽，秋天到了。」路邊有人說。

女子最害羞有人在她唱歌的時候路過。特別是在岑子的畫廊前，她假裝沒聽到地走開。明明是誰也沒看到，女子卻歪歪斜斜地從街上消失了。

＊　＊　＊

「那就再重來一遍吧。」他站在石階上，岑子的買家，已經在對面窗上觀察女子許久。「雙城我一定會拿下來。」島小姐的死必須有人復仇，他推了一下帽子——祖婆婆的信紙我們也收到了。

無論巧合或宿命，光線是進來了，那是桂花巷的埋藏百年的寶藏「島的心動」或者巫女的動搖。

他們仍信仰深深的地方有盡頭，因此掉下去了，浮現一些悲哀出來，「如果說她喝紅酒時舔了舌頭，我們判斷她不算貪婪。」男子拉掉耳機，拉起領口踱步離開，「也許筆是有盡頭，如果顏色開始流動，便不具備特定意涵。」暗號，「反正島的結局是物化了，初嚐不就是這等滋味。」

男子憑記憶中的玫瑰航海圖，前往既定的石雕座標，只要解開那把鎖，後院的井也就可以開始著手了。女子會引誘出岑子喪失的聲音記憶，這部份的線索男子握有勝算，向原會指引她找到第一道曙光降臨之處，老農第一批死亡的桂花巷居民會得到釋放，遣女子遇到岑子為此而來。

然而向原的故事樹，那些花朵散開的神祕路徑，是謎。河西的復生在這裡。

蒼鷹和梅對視，膠著於此，時間對他們來說已經沒有意義，等待裡雙方都有耐性，一張兩個人交戰的底牌：祖婆婆的咒語，沉睡的艾莉子。

當我看見石頭改變了顏色

終於可以到你懷中休息

* * *

〈島的戰敗〉

那是傍晚接近火焰的時分
島後院荒草焦土

黑暗伯爵預測天象，蘿的預言
婦人窺見影像，她們點燃蠟燭祈禱
河茜那張緊湊的臉再現

黑色的斗蓬，眨眼的孩子
蠟淚即將滴盡
她們返回高台內，等待黎明

而蘿勤奮的手——

曙光從老農田埂中央升起，一波一波照耀，淹沒了桂花巷，至此這裡從地圖消失，沒人聽說。

＊　＊　＊

蜜子的書房，她拿出上校肖像和三張圖，「岑子，妳幫我看看有什麼感覺。」

岑子說，「肖像裡面隱匿古堡，恐怕不止藝術價值。鑲嵌的細節，不是很貼。」

「人物呢？」

「左下肢體殘障，站姿，有一些倨傲，但這些肖像多半如此，不見得具真實性。」

「好，妳再看這三張圖。」

「錯誤與柔軟，假設與滿足，修道與蠻橫。」岑子說，也許是十七世紀。

蜜子做下筆記，把東西仔細鎖回去，心滿意足地臥回榻上。看岑子在明治時期骨董椅上不動如山，知道自己的吸引力已經消失了，這一天總會到來，好聚好散，她仍有嬌媚的模樣。

「岑子，我想妳再來要把我畫作水餃了。」她微微瞇著眼睛。

「蜜子，她新，這讓我衝動。」

「羞赧，還是不合格？」岑子靠過去，輕輕地含住蜜子的乳頭，她定住一下，「妳知道我只能有這個動作。」聖告圖啊，她們曾這麼悶著說。

「距離？」蜜子的問題永遠聽起來像答案，最後一次也不動搖。

「不知道。」

是這個答案嗎？困惑，蜜子忍不住笑了。

「也許是她給人抽斷的感覺。」

「像是每一大骨都重排似的，搖搖晃晃，有點在玩的奇怪疏離。」對岑子而言，月光流域、陽台種草的她，夢遊時讀艾莉子傳記，那樣回夢裡去的時刻，完全挫斷，難以銜接的。

「夢吧。」

蜜子不作聲，誰沒年輕過，誰沒做夢過。岑子的回答令她無言以對。「我有點冷。」只可惜雙城她沒辦法弄到。岑子低頭親了她，「給妳做新的唇膏。」

＊　＊　＊

岑子回到畫室，緊鎖她最深的地方，蒼鷹襪子經過的，她所居住創作的客廳。

不知道她今天有沒有在城裡收到高級一點的禮物。岑子意識到自己開始有所等待，她接受這種痛苦，知道什麼會到來。這是喜悅，但她早已將愛情肢解，從她創作主題中逼散了；這些割裂的碎片，猶然是買家與蜜子最熱愛的部份，她清楚。

當她的愛不當成愛。召喚的，殘缺的，某種投射，她想到蒼鷹偏好苦茶時的表情。剛剛好的溫度。乾燥的。

沒來由，她感覺缺少的部份，很像背部已安裝了嵌入天使翅膀的凹槽，卻沒有任何東西插進。為此畫面岑子傻了一下，沒想到也有把自己想得美輪美奐的一天。她以為自己不為蒼鷹以外的人裝扮。

對父親固著少女思想，愛慕參雜埋怨滲透的軌跡。這樣道盡醜陋。繪畫裡她已得到這點解脫，乾乾淨淨的岑子看著自己。岑子知道的，蒼鷹也知道，她會愈發漂亮混濁，從母親身上直接長出來新的女人。

＊　＊　＊

河茜一點一點被光接走。那一天，她在哭泣的睡夢中感覺溫暖，因溫暖而哭著醒來，從今天起，知道自己好久好久沒有在人世間好好的睡個覺。日子是昨天，河茜生母的忌日。一個以骨頭為床的年紀，使她靈動。

阿母沒有拋棄我嗎？知道是阿母，河茜走出去了。

「妳可憐，這麼寂寞。」母親心事被女兒說中了，她翻身過去，母女合而為一。我不再哭了，這女人一生望一格黑夜的窗，河茜哭著轉醒，天色是黑色戚然，她非常溫暖地懷抱自己的腳，這一滴淚從夢中哭到現實。

有一段關係早已結束，岑子懷疑著，心不在焉地揣想，要把我抓回去了，可我可再等。

岑子窩在黑紅色沙發裡，感覺光透進來，光的間隙，風輕吹起桃紅色的花朵。

她陷入長長的恍神，萃取其中的美感，搖籃或者子宮裡的暈眩感，夢寐熟悉，在她聽到女子回來腳步聲之前，沉入夢鄉前的記憶。她最喜歡這一段時間，在岑子的描述裡那是類似做夢的印象。

她想：「會不會有一天，妳說遇見凱像做一場夢。」

祖婆婆繼續搖著篩漏，玻璃碎片流沙一般下沉。心，我的心，愛生恨恨生愛，萬物增減均有對價，腦門撬開來一樣，我從此自由，自由。

「野獸一樣撐著，縮過我妳知道身體的形狀，你將重拾童年的火花，無私的餽贈與無私的囊。」這是岑子的夢話，不由自主地隨祖婆婆地波動。

「這裏為妳流血妳注意到嗎。」岑子轉醒，不好睡中畫畫。

* * *

「我一定要走了。」

「否則他們會殺了我。」他們是誰，凱問女子。
女子說：「敵人們。凱，你的敵人。」
「我不懂。」
「他們到了。」我將要被釋放了。
女子說：「恐懼。」妳不明白他們已經指認我。
「妳怕什麼。」
「青春之井，」凱，妳是他們第一個想要的，「妳帶有古老傳說，像這樣，左轉之後抵達艾莉子的回音。」

像什麼？

　很重的當下，雨是消逝
　毫無包袱地我走了
　剪開夢　剪開家
　赤裸地出來

「我不覺得。」岑子否認了女子的摺頁，艾莉子詩上夢的褶痕。
女子撕走她記憶中的一日。

＊　＊　＊

渥特按了暫停，K的夢囈休止，肅靜悠然迴盪。

「沒兩樣的。」女子發抖，K的夢囈讓人驚慌。

「我何時可以離開？」她說。

渥特說：「生活費花完時。」

「總之我希望你們兩個盡快了結。」

「親愛的，我會讓妳知道的。」

「知道什麼，當我是女演員。」女子抱怨著，要是見到蒼鷹不就死定了。

「不用擔心他，」渥特輕微地笑了，「他老早知道妳，那傢伙知道任何發生在K周圍的所有事情，連蜜子他都可以不動聲色了。他的目標不是妳。」

女子可不確定，畫風改變這事危險，她怕走不掉。

渥特說：「我的老朋友擅長經營。」

「上帝保佑，你這輩子的大計劃不會害死我。」

「小的，妳知道妳是誰。」

「對，你一眼生出來的孤雛。」

渥特大笑，「我答應妳不用嫁給凱。」

「爸，你的笑聲殘酷。」女子抓緊電話。

沉默。

「把最近一卷錄音帶投遞到街的盡頭，妳現在位置直走的角落就是。」

＊　＊　＊

女子三十三歲，本名艾莉子，較岑子年長約一歲，是日本文壇新一代傷物派女詩人。渥特——她的養父——在她二十八歲的時候預謀一場死亡。宣布她死訊的那一天，對艾莉子而言是最好的生日禮物。至少父女倆一致認同。

渥特為了紀念；艾莉子為了奔離她自己。或許這兩者之間的感覺在他們內心深處是對流的。墓誌上刻下曙光傳來的精準時間，〈島死〉。在她仍有一許體溫的懷抱裡，渥特發現小的被蓋住。在島小姐黑色的破斗篷內，有一雙搧動的眼睛、一個無家可歸的女童。渥特唯一知道的關於女童的身分，便是他們在這裡相遇了。

那是個月黑風高的寂靜晚上，月色奇異地藍，籠罩在第一道曙光後的第一個夜晚。渥特抱起女童，來不及感覺，他看到地上他們的影子，桂花巷裡漂浮失落的桂花香。他闌珊舉步，發誓不會忘記村子裡血的味道。

渥特當時以為艾莉子是唯一生者。這個島臨死前庇護的女童；這一片島咒語鞏固的幻象。

＊　＊　＊

時光流逝，艾莉子與他相愛，渥特待她視如己出，勝於自己的孩子。艾莉子發表詩集後，生活逐漸不對勁，「大的，我感覺有人在監視我，愈來愈仔細。」一開始渥特安撫她，以為是她心理作祟。不安全感如集結的雞皮疙瘩，籠罩她的日常生活，艾莉子足不出戶的現象越來越明顯，頻繁地走到家門又折旋回來，頹然不發一語，晚餐也得端到房間門口。

一日傍晚，渥特走進房裡，他覺察艾莉子發生什麼事了，想找她談。

「小的，睏嗎？」沒有回應，他轉轉門把，悄聲走進去，頓時呆住了。牆壁上佈滿密密麻麻的塗鴉，潦草失序，紛陳雜亂的色彩使渥特站立其中天旋地轉。

他靜下來一看，所有線條開展流動，「天啊，艾莉子憑本能重現桂花巷。」

渥特退出門，倒了一杯紅酒，因為他不知道為小的聘來的家庭教師——心理諮商，到底是陪伴小的，還是自己需要先諮詢。微醺中，這種感覺渙散、潑濺。「是不是真的有人跟蹤艾莉子的生活？」

渥特搖搖晃晃地打開底層木頭抽屜，一張塵封的玫瑰圖對他而言依舊是新衣服一般亮麗，然而腐朽的紙頁騙不了人，他手上沾惹的塵埃也是。

他困難地吹拂一口氣，地圖微微晃動，所有的記憶瞬間回來，抱著艾莉子離航，那一片傾斜的海，削入他返航的眼簾。閉上眼睛，年輕的他知道方向。

沈姨怨恨的聲音逆風而來：「島不能動情，你是巫傳的破綻，是你屠殺村子，藥師，千萬武將！」

渥特飲盡，「野風佈置好一個傍晚茶場／而你這傻小子自遠方而來／我們高興狹路相逢／石上對熠／這一曲千百年來的謳歌」他記得島在台上唱歌的模樣，島的觸摸穿越人群，無人知曉她如何取消那一段一眼相逢，「你是陌生人啊。」島的耳語。

他沿著地圖焦黃的一角摸著，灰燼掉落一些，一角地圖縮小一點。

他們說，說島小姐早上會經過這條木穿廊回到房間。他看過她舞動時，腳板掉落的刻紙碎片，武士臨死前，遺言成流言竄開，每個人都得到消息「沈姨用鈴鐺控制島」。

渥特開始相信，有人監視艾莉子。他懷疑推敲，內心裡一股震驚，即使他想過無數次，從無現在這般真實，「有其他存活者。」

是誰？

＊　＊　＊

很重的當代，雨是消逝
毫無包袱地我去了

剪開家
剪開夢
赤裸出來

「洛杉磯，多雲。」

和岑子看一朵雲流逝在相同城市天空的建築詩人保羅，有過一夜情；他們共同之處便是在艾莉子的詩集中掘井，「一口井觀見六種天色，激進者的死訊。」

「要出來嗎？」第好多遍地，保羅問岑子。

無回應。

保羅傳過來一首歌，迴盪在岑子的房子：

Cold Cold Dream
The Cold Cold Wind
The Cold Cold You
The Sad Sad Me

一會兒，「這是我雙城的草稿。」保羅的字體在旋律中空泛地閃爍，飄過。

岑子回覆，「我有一幅畫，兩疊紙。」這是岑子對於雙城的概念。

「假設艾莉子活者，」保羅說，「她最後的故事會是拼湊出一個世界嗎？」

「她總是反悔的。」近與靜，漂亮與空虛。

* * *

「除了我，沒人在乎。」蒼鷹告訴安治。

透過伍綱將軍、閣樓當家沈姨，或者老農族譜遷徙，都有可能找到梅。「岑子和蜜子交往你不要干涉。」

安治老家成了誘餌，蒼鷹的騙局，連東野老房子都要拆了。他已做好最壞的打算，當釋放的假消息成真……安治家世世代代只聽蒼鷹家的話，每一代的血液流著這樣天性。命可以丟，主子要真活，到今天連地都要失傳。

安治了解蒼鷹，為了複製一個桂花巷，他將成為老農夫，第一個為島之戰喪命的居民。瓦窯經預言一年一年成為歷史，「向原帶回岑子記憶的那一天，便是逸成災難日。」

「島小姐不死，向原——」不再被提起的話，不但使蒼鷹性情不變，也將淪為安治家族的詛咒。

梅抱走艾莉子，蒼鷹愛上自己的女兒，東野不再榮耀，安治家形同遊民，安治幾乎可以看見整齣悲劇演完。

桂花巷之光和島之役對蒼鷹來說，已經形變，腐朽，毫無價值。有了岑子，向原不再美麗如昔，岑子是思念的總和，也一併撕裂了蒼鷹的靈魂。他已化身為命運的驅逐者。如同向原，生下斷指女兒，而遭桂花巷驅逐的帶罪之人。

桂花巷裡產下殘缺嬰兒婦女一律驅逐，是一切律法中最重的罪條。故事樹下成長的孩子生來殘疾，向原是村子裡罪人之最。

在蒼鷹愧疚苟活的日子裡，這後來知道的事實救贖他。記憶中的向原迅速污損，敗壞：不貞的女人，與灰色的樹。他的恐懼不再是梅或死亡村民指責：「你不在。」這一切相互取消，忌妒磨蝕，他得以舒服。

「誰在暗中？」蒼鷹問安治。

「英國巴斯一個叫渥特的人，育有三子，小女兒是養女，在日本。」安治停頓了一下，感覺雙城的輪子要啟動了。

「她的名字叫艾莉子，二十五歲，近年發表很多詩作，即將出版第一本詩集，是近來受到注目的年輕女詩人。」

「跟蹤她，想辦法滲透渥特身邊的人，雙城的土地可以開始買了。」

「新北投和巴斯近幾年地價波動傳給我，連絡市政廳，調閱都市規劃圖和相關的限建規定。」蒼鷹掛掉電話之前說，「好好照顧紹香，她是個好女人。」

蒼鷹坐回他的主人椅，面對岑子的畫像，他仍然可以清楚地聽見，故事樹下向原說話的聲音，「我是向原。」這幾十年不斷變動的回頭，苦與甜他已不再細分。

他拉出懷錶，轉動發條，讓時間繼續，他聽著一分一秒流動，空曠的辦公室，和他自己。壓在懷錶裡的肖像是斷腿的梅。

＊　＊　＊

渥特將圖放回抽屜底層，這一部份可以把所有人帶回桂花巷，緊密的光和崎嶇的路徑。曾經那是一個多麼美麗的傳說，保持原始的村落，人們說：「所有的傷口可以在這裡癒合。」結局是曙光乍現本身像一道無法癒合的傷口，劃過村外最美的時刻。

誰會想要回去，島死亡而隨之消失的地方。又或者誰有能力回去？渥特想到蒼鷹，向原出賣桂花巷的手繪圖。當年蒼鷹進入望月齋時頃刻的靜默。

「你們見過這個女孩嗎？」沒有人仔細去看，反倒是他手中的手繪圖，被遺忘的向原憑思鄉記憶所描繪的路線，引起軒然大波。食客與侍女背過蒼鷹耳語，那個不祥的女人居然為了另一個男人出賣了家鄉，真是大膽到使人驚愕。

渥特記起這個突兀的男人——渾然不知自己身在何處的過路客。

「是蒼鷹，他確實有可能有能力也想回到過去。」殘破的桂花巷，一張圖分在兩個異鄉人手上。

他想做什麼？艾莉子會有危險嗎？渥特思念島，但他是艾莉子的父親。

渥特從微醺中清醒時，天快亮了，他覺得自己沒有醉。再度轉動門把，悄聲進入艾莉子的臥房，滿室潦亂的塗鴉，寂寥地面對他；他以梅這個名字走進去，穩定地指出，伯爵的大堡、老農夫與望月齋的位置；他可以感覺風在輕輕浮動，他的女人和她的男人，梅望向窗外，他未曾去過的地方，他女兒的童年。

梅告訴島，他說：「我會告訴小的妳的故事，我們會手舞足蹈學妳唱歌的樣子。」

＊　＊　＊

Fred，「想法變了嗎？」他已經和艾莉子散步一段日子了。

Fred因年紀大而過世了，艾莉子思念他。

在他過世之前，艾莉子一直當他是畫畫老師；她並不知道，老先生原來是藝術心理領域有名的學者。

渥特接驚嚇過度而步入瘋狂的艾莉子回家接受治療，優美舒服的環境，和規律的生活起居。創作裡她已年邁，緩慢和溫暖的陽光，是渥特照料小的的方法。

楊爵士是渥特的教授，科目不同，他卻常常去拜訪請教。他對楊爵士有特殊的情感，楊也多少感覺到他去過桂花巷。小的回來，陷入瘋狂，近八十歲的Fred正巧從理事會退下來，是可以託付的對象。楊點頭答應，不只是他和渥特師生之情，更因為他讀過艾莉子的詩。

「老師，拜託你，我束手無策，很無助。」救救小的，他心靈的聲音。楊同意，因為雙方同意這次是秘密治療。

楊成為艾莉子的鄰居，那是一處渥特安排的鄉村小屋，寧靜溫馨。記憶中使人懷念的色彩，靠近渥特求學的地方。楊那時便是一個熱中健走運動的教授，不論好壞天氣，他雨中的身影，灰濛濛的山巒和青翠的原野，善變雪的容貌，渥特常跟隨。

「我發現塗鴉之後，很迅速地艾莉子的記憶流失、下陷，和時間賽跑，誰丟得比較快。不斷自我復原，不可挽回，回到小孩子了。」渥特垂下肩膀，變態，一股亂流，她在模仿失智狀態。渥特告訴Fred：「我也進入畫裡。」

無論十五分鐘或一個小時，渥特每天來，陪艾莉子散步。美麗的陽光，燦爛的河流，艾莉子的微笑，和毫無反應的心智。

情況轉好一些，又沉的更深入——糟透了——渥特可以感覺尖銳在裡面磨蝕。

反覆半個月過去，一個微妙時間降臨。「大的，他是誰？」她細緻的聲音在空氣中繚繞，兒童般的來回，聽起來是十幾歲在日本打電話給他的女孩。

「我覺得老爺爺有點面熟。」

「老先生住在隔壁，」渥特覺得自己內心快暴動了。他壓止住，輕聲細語地回答，「是妳的新鄰居，雖然這麼老了，一個人住好孤獨。」她觀察艾莉子的反應。

一會兒她說：「房子也舊。」

「他是這樣嗎？」

她的眼神不再敏感，渥特覺得自己找不到對話位置，他怎麼跟這樣的艾莉子並肩對談，而他甚至可以在腦海中翻閱數首過去的詩篇。

他感覺不到她感覺到他的憂傷。

我在想念妳，小的。

＊　＊　＊

到Fred走前，艾莉子的語言能力和她的精神狀態回到、停在延滯階段，語言回到兒童語法，行為模式雜揉少女浪漫憂愁與叛逆的暴力性格。在渥特的眼中，這個年紀具備這些特質，他會覺得殘忍被牙膏般擠出來。

Fred不記錄，只陪伴，他只簡單描述過艾莉子轉門所進入冗長無人之地，秀出一個不容轉圜的孩子。

自從艾莉子注意到楊之後，和他相處的時間逐漸拉長。一開始只是坐在院子裡，隔著圍欄看他畫畫，後來他們可以一起走到市區遊逛，這段路程來回需要一個多小時，通常選了顏料就回來。沿途話題只有天氣和畫，大部分時間是風景在穿插著。

不幸地，三個月後，Fred死了。他最後一幅寫生是艾莉子，而艾莉子在他面前以一張白紙塗滿紅色漸層，作為兩人交往的結束。

有一點遺憾，似乎是即將到達了，兩人生命中的美。

和渥特討論這幅畫的骨幹時，Fred只是告訴渥特：「她還真能畫圖。」渥特的角度複雜多了，百感交集，也許她知道她和誰在一起，也許島長活在小的心裡。

紅，是渥特日後對島的印象，越來越單薄。她的強壯和複雜的病之美，毫無禮貌地建立自己的秩序。她和蘿在月光下呼嘯，一口黑色不見底的水井，一刮就鬆開的岩層，澄黃色的粉末，略帶剔透，桂花香裡，伯爵大堡的暗河隱隱低鳴。

藍色的星星，粉紅色的月亮，藥杓和艷紅色身影，交換了消逝曙光。他墜入，一個迷失的藥師。

在Fred的告別式裡，渥特提醒自己專注思念。他的確做到了，一句一句的歌聲滲透他，虔誠而神聖的光，大片大片落下；他看著艾莉子的長髮，似能找到一絲髮梢，把自己揉進去，溫和和著溫暖日頭。

聚會之後，他開車，車上只有艾莉子，他從側視鏡看見她眼淚累積，而肩膀抽搐，抽噎，終至趴下來：「爸，我需要一個短暫的哭泣。」便震垮似地倒下。

渥特把手蓋住她的手，鬆鬆地動了一下。

在她的聲音裡，渥特從後視鏡看到自己的一滴眼淚。他有一種很強烈的衝動，想要抱她，更有欲望想要提議驅車回私有別莊，觸摸島的紀念碑——他想小的已經回來了——今天已經夠多了。

渥特只是沿島的鳴叫，送小的回去。

艾莉子進去過一會兒，渥特熄掉引擎。

「保羅，來陪小的。」他在車上打電話，她說她快不行了。

「這幾個月我一直都在。」

疲倦的渥特走下車，點一根雪茄，坐在艾莉子家門口，隔壁灑水器，兜繞著弧形，濕得草皮油亮。渥特四處張望，「我看到你了。」他把雪茄捻熄在自己的小牛皮皮鞋下，朝對面新式公寓走去。

渥特發現保羅，女子也在窗簾後發現這一切。

艾莉子坐回她的搖籃——柔軟，鋪陳粉紅粉藍色棉料——搖擺中，察覺罪惡感一波一波湧起。一張老臉一直下垂，她隱約聽見自己的歌聲，猶如漂浮不定溫柔的小溪，她開始封閉。

桂花巷不自覺地突顯在她的手裡。她思念向原，覺得河茜美好，常常呼吸到島的手勁，穿越風口，猶如內心最不安分的衝出。

＊　＊　＊

保羅，三十六歲，青年才俊，完整經歷的建築師，最愛的女人是他妹妹——在還沒睡到岑子之前，可以這麼說。母親是醫生——珍，與渥特門當戶對的家族，弟弟安傑在家族醫院工作，安傑和母親形影不離，而保羅和父親有默契地，偏心艾莉子。

艾莉子進入這個家庭的時候，保羅已經有記憶，對幼時的他來說，只覺得有妹妹好，那時安傑還抱在珍手裡，八九歲的艾莉子長得黑頭髮黑眼珠，正是可愛的年紀。

渥特回家時，一臉鬍髭，滿身風霜，身型顯得奇異地大。他只說女孩是戰地孤兒。

珍安靜沒說什麼，趕緊放熱水，要渥特休息；當然這和她想像的團聚很不一樣，沒有遊歷，沒有興奮的高談收穫。一個女孩圈著渥特的脖子睡著，長頭髮蓋住他的上半身。

她當然吃驚，珍怎麼也沒料到，會有這種故事發生在她生命之中，一個養女，而且是外國人。「戰地孤兒。」他說。太多了使珍一下子反應不過來。

「珍，我很累，保羅的衣服先準備給這孩子換洗，我去盥洗，晚上和她睡客房。」

「好，明天再談，我去弄一點吃的，先暖暖肚子。」珍的心腸很軟，她愛渥特，支持他，雖然很想和他多說兩句話，可是這副情景，自己也得調整一下。新的成員對家庭總是衝擊，何況這是多麼意想不到的一日。

她甚至已經開始想見，女孩半夜的尖叫聲。戰地孤兒這詞逐漸勝過一切，她想像女孩的恐懼和不安全感，吃醋的感覺、佔有的感覺直接放下了。她想，渥特吃了什麼苦頭呢。

下午四點，保羅踢完球回來，他沒有見到父親，渥特在洗澡，那是一個很長的澡。

珍準備好餅乾和鬆軟的烤土司在桌上，渥特不在的日子，家裡仍和過去相差無幾，珍保持著這樣的日子。保羅會在四點多左右到家，直接衝到小客廳，珍和點心會在那邊等他。

從小珍微笑聽他說踢球勝負，誰踢了好球，自己如何擋住對方進攻，跌倒受到獎勵之類的。

十六歲的保羅，已經是學校球隊的一流後衛，他完全遺傳自母親，道地的威爾斯人，深刻的五官，像一刀一斧鑿刻出來的。和珍喝茶是輕鬆的時間，他可以感覺到母親需要，有時他會誇耀戰績，語氣興奮，肢體豐富，在珍身邊就地踢一場球實況轉播，一人分飾多角。

保羅是珍的寶石，渥特不在家這段時間最大的慰藉。

他回來馬上注意到招待室大沙發下沉睡的女孩。母親珍坐在主人椅上。

兩年後，父親回來了。

* * *

黑暗伯爵的手，從黑夜流出，一樣黑，越過長夜。

艾莉子捲入金色線條，蜷曲成暗紅色嬰兒。

破綻整晚安靜。自始至終帶點分岔，和故事告別。
鼓隊打鼓，隱沒年代。初始讓人心跳的樂音。
阿烈斯把打開禮物的那天打開。
艾莉子和伯爵L，星子鑽進夜空。
純白與黑絲，瞬息交錯。
如蘭，被竊寫的母親，伯爵L描述國王口袋裡的好運。
命運回眸時，魅力地一瞥。
燈火和人性誰跑得快；口袋，藏著什麼不敢露出來。
艾莉子不斷地奔跑。他們知道、知道。
凹槽外，風不斷，黑盒凝固，沒有支撐，懸著一條路是絕路，佈滿崎嶇。
攝影師把腳架收齊：
她側過身的一疊影子，其中一張緩緩走進永恆。
女子掉出來，顯得有點不完整，我是誰？

* * *

向原說，有一條長長的魚，數到十深呼吸，潛得很沉去換氣。跑，後面滅亡，才一回頭，仍然有感覺懸崖過去是穩固的地。

「往事順著命運的輪廓一直過來，」艾莉子語帶抱怨說：「無辜得很。」翻攪，渴望對話。阿烈斯在地下室，小跳蚤離開她的椅子。曲調變得危險——「是妳。」記憶站起來，昔日情分在打扮。美逐漸淹沒了地下。阿烈斯瞇眼，他翻身。破碎的床板，進出岑子的夢。

懷疑大膽，門縫輕聲說話。閃現它的句子。

穿越彼此的夢。六年無聲無息過去。

阿烈斯認了艾莉子在日本出版的詩集「當代，完整背叛」——妳是尚未演奏的歌，自往日吹來。而它們小孩子般天真地唱著那被永恆凝固的樂音。

＊　＊　＊

在巴斯九年，與珍、保羅、安傑，渥特度過她的童年，這一段時間她沒有上學，由珍在家教育。到日本唸書的時候，正是少女最美的十九年華，事情璀璨地進行，她認識阿烈斯，共組詩社。如果不是詩，她無法記起桂花巷。如果不是阿烈斯，也許，只是也許，艾莉子的精神不會瓦解。她會在渥特的全力保護下，成為另一個人。

珍幾乎是一個完美的繼母，她排除懷疑與忌妒，給予艾莉子接近完美的生活與教育訓練。

然而渥特從來不說明，珍無從問起。是很合理的，她的丈夫外出兩年，拾回戰地孤兒，而戰地孤兒的身分又有哪裡可從頭說起。

慶幸的是艾莉子八、九歲的年紀，證明與安慰珍，至少這孩子不是沃特出軌的私生女。於人情來講，只能說渥特是善良仁慈的男人，符合上流社會的期待。

因為孩子的髮色，珍給她取了日本名字。無來源、沒有出身，珍畏懼這個孩子對家庭未來造成影響。夢中，或者無來由的片刻，她會對著艾莉子發愣，念頭來得很快：這孩子是誰？艾莉子學寫字、閱讀，講英文，上日本語家教，珍給她知識，相處的時間慢慢超越渥特。

我不是艾莉子的母親，或者她的生母是誰？這樣的聲音常常在珍的心裡，不能控制這想法出現，特別是艾莉子專心學習的時候。女孩泛出一種乾淨的美，珍會看得入痴，幾乎以為、非常希望自己是艾莉子的生母。

對珍來說，艾莉子身世之謎，需要壓抑。她用良心壓抑著。每當朋友讚美渥特的勇敢與珍的仁慈，說他們夫妻的愛給不幸的艾莉子重生時，珍當天獨處便會備感痛苦，好像敏感的地方被碰到，而且是經常如此。

如果艾莉子有不一樣的髮色、眼睛，她唱著搖籃曲哄她入睡的時候，會不由自主的想像。想著他們全家遷徙到天涯海角，把渥特回家的那一天徹底忘掉，那麼他們會成為真正的一家人。

＊　＊　＊

珍是一個嚴格的母親，至少在艾莉子成人後的記憶，她是這麼回憶她和珍的關係。除了沒有上學，小艾莉子習慣和珍一起在待客室等待保羅放學，一起吃點心喝午茶，聽保羅活靈活現地實況轉播球場戰況。

等待保羅成為艾莉子創作裡最重要的時光。她和珍空下來的固定習慣，四點一到，坐下來，餐巾柔軟的線條、閃耀著金色陽光的杯瓷、乳酪光澤和餅乾碎屑，和珍期待的側臉，保羅若是遲了一些，珍站在窗口有些焦慮的神情。

她也會這樣，女孩最會模仿了。在她還不到窗框高度的年紀，艾莉子便經常趁珍在準備點心時，墊著腳尖，扶著窗邊，偌大的前庭，灑水器緩緩旋轉著，保羅快回來了嗎，她會在那個位置自言自語地說著。

有的時候保羅早一點回來，有機會看到妹妹小小的頭顱。艾莉子這時會很想跑出去，倒也不是衝到保羅懷裡，而是她也想踢球。無論如何那是不可能發生的事情，他們一定得共用點心，這是家裡的規矩。她會很興奮地大喊：「保羅回來了。」然後衝回她的位置坐得又直又挺。

保羅非常愛艾莉子。

艾莉子是他實況轉播中最有反應的聽眾了，他喜歡聽艾莉子咯咯笑的聲音，自己漏接、對方得分，隊友如何求表現而失分，她臉上那種沮喪得不得了的樣子。艾莉子以他為榮。保羅守到所謂必進的球，對方強勢進攻，自己擋住，全場歡呼，他會想到艾莉子高興的臉。

保羅以沉穩出名，無論在球場上或是學業為人上，他比同年紀的人冷靜，這種氣質使他深受女同學青睞，支持他的球迷不會比出盡鋒頭的明星得分球員少。若整場表現令他自己滿意，他也不會流露過多情緒，但是回家的路上，他會開始傻笑，虛擬如何精彩轉播。似乎那才是他的光榮，他的秀。

珍當然很明顯地察覺到了，保羅的說話對象改變。他揮舞、誇張，偷偷看艾莉子一眼，又若無其事地進行賽事。珍可以聽見艾莉子的笑聲毫無遮掩，保羅像太陽一樣，有時候又故意失分，艾莉子女孩般絕對的失望表情，見她難過。珍一下子便察覺這是戲，保羅喜歡艾莉子為他沮喪而沉默延長。或者是艾莉子心情不好，被罵了，保羅當天的球守得特別好。

珍很失落。

她曾告訴渥特擔心保羅愛上艾莉子，「保羅從來不帶女朋友回家，不奇怪嗎？」渥特只是安撫地說，「小孩子玩哪有什麼。」渥特當然知道母親的天性，她的不安全感與自然的醋意。一方面他偏心艾莉子，覺得兩人要好無妨，一方面他也覺得這種感覺不宜擴大，所以沒有深入討論的打算。

日復一日，艾莉子終於讓保羅和珍都痛苦，渥特決定送她到日本。

＊　＊　＊

我在日本十年，十八歲到二十八歲，一座囚牢；每次回到那裡，我總是可以看見自己，不同的自己，坐在那裡，在牆壁上寫出不同的詩句。「妳的老師是誰？」和誰學習，我不斷畫出如蘭的眼和臉。

我希望她是珍，珍永遠在記憶裡。我可以看見藍色的琴泛出藍色的光，她金色的臉頰，和黑色流瀉的長頭髮。珍不可能長黑頭髮；我的鋼琴好緊好緊。

如蘭，一個遙遠的夢。壞掉的只是我自己，我等，等歲月烤漆，讓她的季節光華明亮，可是我整個人溼透了。

為什麼如蘭和珍都知道呢？她們知道我的衣服裡面充滿汗。

我迫不及待要赤裸，和她們一起游泳，游到湖水對面，一座天然釉綠的森林。我們坐在林蔭之下，伸展彼此的腿，直到金色的光、橙色的光、藍色的光、紫色的星辰充滿我們。

破曉時我們微笑躲進森林裡去，抓著樹鬚，告訴彼此我們即將要抱住彼此，成為樹、成為森林，成為彼此體內的循環。新鮮的空氣。我們沒有皮膚，沒有競爭，沒有語言糾葛時教人痛苦的喜悅。

那是珍的琴房。

她指出每一個記號，我的手指冰凍地移動。她的關懷非常沉默優雅，她是亮麗的主音，迴響在四壁之內，她探問我喜歡鋼琴還是繪畫？她總是傾聽。琴房有一道門連到後院，那也是珍的。我知道她喜愛的果實和花朵，以及植物在季節裏可以飄落某種獨特屬於她的惆悵。

果實掉到土壤裡。樹的枝葉以虛影的速度成長，透明綠色的光澤曝曬她的臉。我不敢抬頭看珍。果實掉到土壤裡。

聽啊
戀人
一個彈錯的音

珍待我很好，她絕對愛我。我聽見果實掉落土壤輕巧的聲音，它們歲歲年年在秋末告訴我，珍是桂冠，我是一個不知感激的壞孩子。

我不喜歡珍，我不斷靠近如蘭。

我想像如蘭是珍，而如蘭珍惜文學上的我。

我在詩裡愛珍恨珍，我聽如蘭朗讀我的詩句，流露我對珍不敢露出來的愛憎。我的第一本詩集，晦暗與斑斕紛陳，你以為那是絢麗的希望，很快地他們讓人痛。

痛的漸層，那是珍，從來不屬於我。坐在身邊，我看著照顧我成長的她，這麼靜。規則地我的手指動，沒有一件事情超越控制。

一棟一棟建築，在琴聲中站起，我想蓋一棟毒房子，但珍無法住進去，因為她是美麗而且唯一的主角。她讀到院子裡最美的果樹，金黃色的稻穗，和我聰慧飽滿的臉頰。

但如蘭，她選擇醜，像我願意掏出來，掏出血淋淋的勳章，濺灑我的悲鳴。這麼一個多疑的孩子，在愛裡渴望當個誠實的人。她用她的聲音碰觸我。

有一個上午，我坐在如蘭的辦公室，她自抽屜拿出其中一篇許久之前遞給她的詩，一遍又一遍，她平穩地唸，彷彿只求清楚，直到我突然衝到廁所大力嘔吐。

當我濕淋淋一片，便要離開珍。如蘭，妳是金黃色的稻穗。

我相信珍真心希望我快樂。那是上帝的打扮。而我在日本，長長地哭著，醒來寫下：「珍，我愛妳。」快去，快去，製作一個完美的母親，如蘭對著詩篇呼喊著，猶如狼在半夜長嘯——珍，妳擁有所有了，不夠嗎，十年夜夜都長。

＊　＊　＊

珍側身。手指出樂譜上每一個艾莉子彈錯的音——彎進院子裡，再進來時門把轉動的速度——速度！珍的神情顯現疲憊，語氣柔和。艾莉子練習輕快的歌曲，一次再一次，直到保羅像一隻獅子王般回來。

用晚餐的時刻，渥特坐在長桌離艾莉子最遠的位置，他說一天的事，鮮少看安傑。艾莉子的微笑開闔小小的，她怕珍看出來，有時候她忍不住笑開，「那是真的嗎？」渥特無拘無束的笑法，如洪鐘般撞到挑高的餐廳天花板，傳到艾莉子心裡，轉成珍的安靜。

夜禱的時候，艾莉子告訴上帝，「我偷走安傑，珍會少愛我嗎？可是上帝，我感覺只有渥特愛我。他會因為珍的憂愁而拋棄我嗎？請你為我禱告。」

渥特的偏心在家裡是艾莉子顯著的胎記，家族和鄰里清楚不過他對這個來歷不明孩子的溺愛。用完早餐後，他會牽著艾莉子的手，走到家族私有花園，那兒豎起一座又尖又細長的方碑，長長短短的影子折射在黃土地上，牌子寫著，「紀念島——一位勇敢追求生命的勇士」。

他們父女走到這邊折返。

對渥特來說，這是島的墓穴，上帝所安排的沉默與承諾；對珍來說，這場戰役是遠方未知的幽靈。那條方碑影子，對艾莉子來說，刻出安全的時間：早晨的終點。她雖小卻常常默讀渥特的心，爸爸，纖細的巨人，寬大的方碑，這個世界上我唯一歸屬的燦爛。

「只要不打開，就擁有它了。」

她知道這樣的寵愛是危險的，卻顧不了，畢竟那是一段悅耳的路程。除了渥特，也沒人能阻止。散步曲曲折折，一朵漂亮的花朵一層一層地，花瓣摺進她襟口，反反覆覆地抵達石碑下。渥特會朗讀一首詩給艾莉子，無論任何季節，他總有辦法摘到小花，插到艾莉子耳後，順順她的頭髮。

＊　＊　＊

「艾莉子，我知道妳的出身。」安傑說，「妳是騙子。」

將在日本發表詩集前的午夜，突然來電三通，料不到那次起床，披起睡衣，身著睡意的艾莉子踏上一條不歸路。「如果不是渥特，妳什麼也不是。我知道真相——所有人知道，只有妳活在夢中！」

安傑看過稿子？他切斷電話，耳鳴，安傑的哭泣。

除了戰地孤兒之外，渥特曾告訴她，他看見一個甜美女孩在披風下熟睡，與戰亂隔絕般地被一雙手環抱。

「那是我生母嗎？」

「我不知道。」渥特看進湛藍色的天空，輕聲回答。每一次回答小的這一個問題，他便感覺那是一根針。

艾莉子抬頭看渥特，她說：「我想起來了。」

渥特望進她頓時明亮的眼睛，他們正好經過Fred門口。老教授的身後物一袋一袋地裝在他門口的卡車裡，大部分的書籍已經捐獻給地方教會，這卡車是載一些來不及搬走的老舊家電器具。

艾莉子說：「大的，我覺得珍不愛我，從來不愛我，她太注意我，是她毀了安傑。他恨我。」

安傑是一個安分守己的人，多年來，珍和渥特教給他所有醫學知識和技巧。現在已經是副院長了，而且是地方上優秀的外科醫生，超越年輕的珍很多。在家族與地方他很活躍社交事務，偶爾也在國際性醫學期刊發表論文，卻再也不曾出現在艾莉子的生命中。

渥特只是輕鬆地笑一下，抓抓艾莉子的頭髮，把她頭上的光線弄鬆一點。

他牽起她的手，艾莉子在巴斯療養的小公寓階梯上，點起一根雪茄，指著對面窗戶的亮點，他說：「那個變態是保羅。」

艾莉子咯咯地笑，肩膀聳動著，她把頭埋進膝蓋裡。從這裡面她可以窺視到溼潤的草皮。一圈又一圈。水的影子。渥特愛穿的皮鞋。

她說：「大的，我要搬去洛杉磯。」

過了很久，渥特說：「好，我的淑女。」原諒我。

＊　＊　＊

Fred過世，教堂的鐘聲和安傑的輪廓交相迴盪；過去與現在，相互撞擊擺盪，挑高的天花板與聖經書，一波一波銜接回來三個多月來驚人的六百幅圖。

平穩的唱音，強制隱諱的末梢挑起，「是魔鬼嗎，上帝。」她掉下帶回記憶的眼淚，真真切切，由死復生，「誰把它們帶回來。」

珍、保羅、安傑、渥特站在四周，「他們是誰，他們是外國人。」她在席中驚醒，自己是陌生的，這些人是誰。溫暖的光線碰觸她的頭髮、肩膀、臉頰，她產生極大的愧疚感，在吟唱的同時告罪，沾濕了紙頁，紙頁、手指、詩，字句模糊，「光輝穿越白雲，我透過你，得到挽留——」

當我看見石頭改變了顏色
終於可以到你懷中休息
花香撲鼻

是什麼聲音？她抬頭，一片光瞬間刺進她的眼，使她暈眩。

她眼角看見安傑，移到渥特，他們是父子，真正富裕的；專注的珍，和她身邊的保羅，不像她長得不像任何人。她搖晃了一下，保羅擔憂的神色，輕輕扶著她，艾莉子看向渥特，渥特目視端正，他的側臉多麼像一座雕像，她呼喊著。多麼大的諷刺。

她把眼神自保羅收回，保羅神色微歛，他們低下頭來。

保羅，你知道嗎；艾莉子，妳知道嗎。兩人的十年，各自在一個眼神交會裡縱走。

艾莉子望著的靈魂走向安傑，伸手甩了他一巴掌。「渥特告訴你什麼！你以為你是神！」她聽見自己深深地啜泣，跟著半開半闔的唇，漂流到最遠的丘陵。

這日本十年，遍佈陰暗的天色，她逐漸完成意義上的放逐，去得遠遠，晦澀與恐怖。所能信仰的，渥特的愛，也是破碎充滿困擾。純粹的，她必定要這樣相信，磨蝕她，拖行長長久久。

偉大的嚮往，純潔的期待；愛裡缺乏，詩裡綻放。越美的詩句，愈薄，煥發憂傷，她對渥特的愛是如此絕望。艾莉子反芻自己的詩作，珍和渥特的面容凹凸不平，譴責與咆哮猶如兩舵，不知要引領她到什麼地方。

美麗美麗的想像沉睡其中。巨大星辰，你如何分辨暗礁？置身安靜夜色相愛。

＊　＊　＊

大約每隔兩個月，岑子會陷入冗長的睡眠狀態中，約一天到三天。這現象很穩定，行之有年，不打擾她日常的生活，曾經她以為這是使她不夢的原因，日子長了也隨錄音帶的毀損不了了之。

女子於半夜坐在她床邊，聽岑子一陣一陣夢囈古老的語言，手上的錄音筆作工。住進岑子洛杉磯房子之後，女子察覺月圓是採集到語言最好的時期；其他日子岑子有時也會睡眠中露出來，尖細而且破碎，但是不若這段時期清淺綿長，兩者互相補足，她才有辦法找到桂花巷。平日採集危險，有一次岑子說到一半突然醒來，就是她穿著蜜子寬大睡袍潛入的那晚，也是岑子注意到她住在這裡的起點。

女子仔細地聽著，緩緩地陷入未知的狀態。她忍不住擦拭她的汗水，冗長的夢囈柔柔地使兩人憂傷，「蘿——」女子叫出來，以日文回應，她好久沒講這所謂的母語了。

巨大的左手，岑子突然抓住女子的手，停在自己胸口。

岑子醒來的時候，兩個人都嚇一跳。

房間安靜極了，月色飽滿映照岑子的臉。兩人放棄一切動作，烏黑的神色膠著。

過了一陣子，女子開口說話，「凱，我做噩夢了。我也說不上來，能不能算是恐怖。」這一切對話當然跑在錄音筆的秒數中，持續地運轉。

有四個房間在我周圍，要我排列前後居住的時序，房間陳設在夢中鉅細靡遺，小到連我不曾擁有的東西都看得一清二楚，必須排列才能走出來，他們各自以不同速度旋轉著——

金色的雨如此迷人又深具張力／變動的囊，緊縮的城，往事如此確信／房裡的腳步聲使我震耳欲聾／百子圖，是我是我，千千百百個富裕

這是其一，女子訴說第一個房間，裡面住一位活潑開朗的老富翁，女子和他下了一盤棋；他們相約好，棋子的移動是各自的劇情，結束之後，互不相欠。

埋怨如大潮來襲、孩子和資源相互併購，未來在天色周轉裡忽明忽暗，和解的訊息一場哀鳴。老富翁年老色衰，房子裡的古玩、老帳簿、分類相本、丟棄的日本玩偶，自顧自地搧動又長又翹睫毛。悲哀與沉重在女子心上，她赫然明白老富翁的故事；一本微笑面對人生的書頁翻開，女子再退一步，快喪失好的位置，根本站不穩心思。

她看老富翁的手移動，怵目驚心地意識到他確實在用棋下棋。

女子回防，用計使其產生愧疚，惡性油然而生，「是我在下你的棋。是你不要我，我這就走。」女子一下手恐嚇與私心，泫然泣下，老人手上的兩顆重要棋子說話含糊，鬼魅橫生，棋

局情勢嗡嗡作響。老富翁捂住胸口，作勢要追——

「蒼鷹，河西呢。」一場混戰，向原回到安全防守位置。老人頹然。

＊　＊　＊

向原在故事樹下等待蒼鷹回來的幾年內，她試圖寫一個腐敗老者的故事。島小姐不戰不歌，燦爛擊鼓，她不在乎自己的傷痕，總是野獸性地擺動她的欲望。向原紀錄了島，她知道島的魂魄是瑰麗不眠的，她的生命便是散發那種味道；即便平鋪直述，島的故事就是島，桂花巷裏必須流傳的傳奇角色。

向原面對自己的人生，她在這裡年復一年地記錄驅逐她、流放她的桂花巷。但是她可憐的孩子梣子，和她所受的苦、怨懟，有誰知曉？她把餘生奉獻給這群生來便殘疾在身的孩子。他們的母親早逃亡了，沒人留得住。向原對梣子隱瞞真相，不敢承認，她的斷指和她的不幸。

被詛咒的孩子不幸，有一天將會發現這個故事。

然後蒼鷹來了又不見，來了又不見。一個溫柔的異地人，不識這株被詛咒的大樹，不像村子裡的任何人，和殘酷運行的律法。她祈求老天——讓他忘記吧，留下來看到這個遊蕩的孤魂，一個寂寞又悲傷的女人。

可是自己已經是個罪人了，怎能真的如此壞；她畫給他桂花巷的地圖，他會找到河茜，然後回來。蒼鷹離開後，向原開始寫她自己的故事，她把自己對蒼鷹的情懷和對桂花巷的怨憤放進一盤棋。

蒼鷹來不及回來見到向原，但他確實讀完了她尚未完成的故事書。向原的心非常緩慢地茁壯成長，她在故事裡找到力量。她有一個夢，蒼鷹、河茜、梣子和自己可以擁有一個完整的家，也許就在這棵樹下，事情會好轉的是她故事中渴盼走向的結局。

她來不及寫下去，島戰敗，第一道曙光降臨，——蒼鷹無法改變——留在過去。

＊　＊　＊

岑子聽完，說：「我想要知道妳是誰。」

女子穿著岑子設計的衣服，一件紅色高腰的燈籠五分褲，臀部的線條圓圓鬆鬆的，兩側魚網大口袋，她從鎮上回來，裡面塞滿雜物，看得清楚。

一件嫩草綠上衣，上面有一個紅色小巧可愛的蝴蝶結。

她穿著凱為她設計的衣服，手上抱著一隻滑稽的——身體綠色，耳朵、鼻子鮮黃色的絨布蜥蜴，凱以她睡姿弧度設計的最新商品「床伴阿富達比」。

女子長得到腰際的黑色長髮凌亂地披覆在胸前，臉看起來異常蒼白。

岑子腦中出現她戴著隨身聽在澆草的印象，以及她想像中女子在大街忙碌採買又一直問路的樣子。一團思緒把岑子拉回眼前詭異的感覺，「我知道半夜的星星會唱歌。」

錄音筆縫在阿富達比的長鼻子裡。

「為什麼？凱今天很怪。」

「我做夢了。」

艾莉子突然希望阿富達比的鼻子不是那麼樣地靠近岑子。

「妳夢見什麼？」她聽見自己的聲音，很久沒聽過的頻率低低地傳來。

岑子斷指的觸感，進入艾莉子的心中。

她說：「我夢見妳箱子裡六百張圖。妳覺得這是什麼意思？」

女子呆了一下，回答：「你翻了我的東西。」

岑子放開手，轉過身去，聲音埋在背對女子的地方，悶悶地咕噥：「不，我做了一場夢。」有實心的甜度，使你醒來閉著眼睛，而不記憶夢的內容。

「我做了一個夢，艾莉子，難道妳不能明白這對我的意義？」她說。

06 輪迴之詩

吾師，我在你的瞳孔裡跪下
我乃一撞鐘人

啊，她迎接落花的樣子
她是邊旋轉邊哭泣的水蛇

「我不下跪，佛也說我非常美麗」

她親手繫上我腳上的鈴
最難以解開的愛情
轉身，為愛掉淚的歌姬

黑色眼淚一直落下

那鈴
日響夜也響
我撞
她愈華麗

這鐘聲安祥合矩
吾師之眼在石頭中
退去
隱沒，他張眼
再來

「蘿，妳看我
笑嘻嘻
步伐要這樣」

「阿烈斯，妳看我
手腕如蓮花」

「不要聽他們的
看著我，一心一意」

妳的步伐好美
妳的聲音好靜

「蘿
妳相信我」

我聽
我聽
我日夜聽著妳腳上的鈴
真是天下的樂音

「我如菩薩
我的身段」

吾師，我不隨妳去了
我這一個墮落的人

每一步節制
都是花開的果
妳以為莊重
愛染散開了
島親手掛上

每一次
我撞鐘
她輪迴各種
我聽見的風

釀文學62　PG0691

慾望之閣

作　　者　阿　米
責任編輯　鄭伊庭
圖文排版　王思敏
封面設計　潘家欣
封面題字　潘肇康

出版策劃　釀出版
製作發行　秀威資訊科技股份有限公司
114 台北市內湖區瑞光路76巷65號1樓
電話：+886-2-2796-3638　傳真：+886-2-2796-1377
服務信箱：service@showwe.com.tw
http://www.showwe.com.tw
郵政劃撥　19563868　戶名：秀威資訊科技股份有限公司
展售門市　國家書店【松江門市】
104 台北市中山區松江路209號1樓
電話：+886-2-2518-0207　傳真：+886-2-2518-0778
網路訂購　秀威網路書店：http://www.bodbooks.com.tw
國家網路書店：http://www.govbooks.com.tw
法律顧問　毛國樑　律師
總 經 銷　聯合發行股份有限公司
231新北市新店區寶橋路235巷6弄6號4F
電話：+886-2-2917-8022　傳真：+886-2-2915-6275

出版日期　2012年2月　BOD一版
定　　價　320元

Printed in Taiwan

國家圖書館出版品預行編目

慾望之閣 / 阿米作. -- 一版. -- 臺北市：釀出版,
2012.02
面；　公分. --（語言文學類；PG0691）
BOD版
ISBN　978-986-6095-78-8（平裝）

857.7　　　　100025947

讀者回函卡

感謝您購買本書，為提升服務品質，請填妥以下資料，將讀者回函卡直接寄回或傳真本公司，收到您的寶貴意見後，我們會收藏記錄及檢討，謝謝！如您需要了解本公司最新出版書目、購書優惠或企劃活動，歡迎您上網查詢或下載相關資料：http:// www.showwe.com.tw

您購買的書名：________________________________

出生日期：________年________月________日

學歷：□高中 (含) 以下　□大專　□研究所 (含) 以上

職業：□製造業　□金融業　□資訊業　□軍警　□傳播業　□自由業

□服務業　□公務員　□教職　□學生　□家管　□其它_____

購書地點：□網路書店　□實體書店　□書展　□郵購　□贈閱　□其他

您從何得知本書的消息？

□網路書店　□實體書店　□網路搜尋　□電子報　□書訊　□雜誌

□傳播媒體　□親友推薦　□網站推薦　□部落格　□其他__________

您對本書的評價：(請填代號　1.非常滿意　2.滿意　3.尚可　4.再改進)

封面設計____　版面編排____　內容____　文／譯筆____　價格____

讀完書後您覺得：

□很有收穫　□有收穫　□收穫不多　□沒收穫

對我們的建議：________________________________

____

____

____

請貼
郵票

11466
台北市內湖區瑞光路 76 巷 65 號 1 樓
秀威資訊科技股份有限公司 收
BOD 數位出版事業部

（請沿線對折寄回，謝謝！）

姓　　名：____________　年齡：________　性別：□女　□男

郵遞區號：□□□□□

地　　址：________________________

聯絡電話：（日）____________（夜）____________

E-mail：________________________